U0933029

The Merry-Go-Round

旋木情缘

[美]堂娜·法萨诺 著

杨昱程 王晓毅 陈海滨 译

天津出版传媒集团

天津人民出版社

1

一个女人在法庭上的样子，往往才是她真实的样子。

——诺曼·梅勒[①]

“真是个离婚的好日子！”话刚一出口，劳伦赶紧四下瞅了瞅，确认没人听到她自言自语，这才急忙走上台阶，朝法院的大门走去。要是一切如愿的话，等她再走出这所大楼之时，便是她恢复自由身之日。她实在受够了那个一百八十多磅的男人，甩掉这累赘，今后就能悠然自得地过日子了。

她猛地推开平板玻璃门，一阵清凉的风从大楼里迎面吹来。八月刚刚过去，慵懒的夏季还赖着不走，天气闷热潮湿。经过走

① 诺曼·梅勒，新泽西州人，美国著名作家、小说家。

廊的时候，鲁斯蒂刚刚收工，正把地板打蜡机放回清洁柜，劳伦抬起手冲他打了招呼，又跟迎面走来的同事一一点头问好。脚下的高跟鞋敲打着大理石地面，咔嗒，咔嗒……发出清脆的回响，她不禁笑了起来。多么美妙的旋律啊！——自从她取得马里兰州的律师执业资格，拥有一块刻着劳伦·易·汉克维克律师的门牌时起，这悦耳的咔嗒声便在每个工作日的清晨奏响。

当然，结婚以后她就改叫劳伦·易·弗林了。随夫改姓恐怕是这段婚姻带给她的唯一好处。倒不是因为她的娘家姓不好。很多年前，她的曾祖父母从捷克斯洛伐克远渡重洋来到这里，历尽千难万险，为的就是在这里过上新生活。可问题是，这里的孩子极会损人，说起话来尖酸刻薄，不留情面。万圣节的时候，他们管她叫“汉克坏水儿”；夏天里她发起胖来，薄薄的衣服遮不住肚肚上的小肥肉，他们就管她叫“汉克肉包儿”；好容易瘦下来，他们又管她叫“汉克麻秆儿”；周六和朋友出去看电影，总能听到有人喊她“汉克灯泡儿”；上学那会儿要是逃一两天课，他们又叫她“汉克病秧儿”。虽说这些捉弄大都没什么恶意，可那段地狱一般的漫长时光还是让她深恶痛绝。父母和老师们总是说，那帮孩子无非是想招惹招惹她，看看她被惹毛了以后是什么样子。“他们挑事，”父亲告诉她，“你可以不理他们嘛！”等她上了高中，大多数同龄人都成熟懂事了，可还有那么一两个傻蛋变本加厉地拿她的姓氏开涮。

一拐弯，劳伦发现父亲正坐在电梯旁边的长椅上，早料到他会来了。她刚才过来的时候，就见父亲的那辆道奇公羊停在法院台阶正对面的西大街上，烂得快成废铁了。他准是天刚亮就来了，不然才抢不到这么好的停车位！所以，尽管劳伦开庭前十分钟才赶到这里——她的案子还是排在当天第一个——也只能将就着用侧停车位了。

她一边走上前，一边揣测父亲的心情。这位卢伊斯·汉克维克先生可不是位乐观的老头儿，其悲观指数和那头家住百亩森林的小灰驴屹耳[①]有一拼。

“嘿！爸，你今天气色不错啊！真精神，昨晚肯定睡得很香！”

可不能问“爸，你感觉怎样啊”这种话，只消这么一问，老卢的话匣子可就开了，各种吐槽、各种抱怨，让人应接不暇。所以，劳伦习惯了凡事往好了说。

“我头发疼。”老卢用短粗的手指撸了撸那一头白发，歪着脑袋，脸也跟着抽搐了一下，“都疼好几天了，你都不打电话给我，不然你早知道了。”

“爸，咱上周日才一起吃过晚饭的呀！”她轻声提醒道，“今儿才周三呢！”

---

① 屹耳，一头灰色毛驴，《小熊维尼》系列作品中的角色，性格悲观、过于冷静、自卑、消沉，居住在百亩森林。

“不用你来告诉我今天是周几。”老卢埋怨道。

劳伦伸手戳了一下电梯按钮，“等到了这个周末，您就不用再担心我不打电话了，是吧？”一个不易察觉的表情从老卢脸上闪过，劳伦觉得那貌似是一个微笑，不过怎么可能，肯定是弄错了。此时此地，他还不是跟她一样心塞！

“对了，”劳伦说，“您的头发才不疼呢！”

老卢拄着拐杖从长椅上缓缓地站了起来，拐杖的橡胶头儿戳到抛光的大理石地上，发出吱吱扭扭的声音。

“头发都是死细胞，爸，没有神经末梢，根本觉不出疼。”

老卢听罢脸沉了下来，一双灰绿色眼睛没好气地盯着劳伦。这时，叮的一声，电梯来了，上行指示灯亮起，电梯门打开。“我得的是头痈。”

两人进电梯，劳伦按了第三层。

“就是头皮感染。我在自然健康网上查到的，以前跟你说过的那个网站。”

因特网啊因特网，是福是祸说不清。就说你想找啥吧，那上面可要啥有啥。

别的老人家退了休，要么喜欢游览山川江河，要么发展兴趣爱好，再不就是在文学的海洋里尽情遨游。可这位七十岁高龄的老卢偏偏喜欢整天坐在电脑前敲键盘，上网查找各种疾病，好给自己的一痛一痒对号入座。

劳伦委婉地提醒说，“爸，您还是去问问专业医生的意见吧。”

老卢直了直腰，“你意思是我头皮不疼？”

“我可没那么说。”劳伦突然意识到，还是别跟他顶撞为妙。今天上午，得让他保持最好的精神状态，必需的，不管怎样都得让他有个好心情！

电梯门向两侧滑开，两人走出电梯。

“我知道您头皮疼着呢，”劳伦说。“看您脸色就知道。要不您去看看阿莫斯医生吧！”

“查理·阿莫斯，他就是个傻子。”

“爸，您和阿莫斯医生可是老朋友啊，你俩都是好多……”

“我不用看医生，劳伦。我给自己买了些茶树油。只要往我的洗发水里滴上几滴，就万事大吉了。”

“茶树油啊？”劳伦刚想叹气，立刻憋了回去。“您在哪儿听说的？是那个治病找妙方网站么？”还没等父亲回应，她又补了一句，“爸，您总得给医生一个机会呀！”

“饶了我吧，劳伦，你的阿莫斯医生连简单的皮疹都看不出来。”老卢一脸嫌弃地摇了摇头，“还说什么皮肤干燥，去他的！我自个儿的毛病我知道怎么治。那个老庸医，连个电脑都不会开，更别说上网搜索了。他早被时代淘汰了，又怎么知道健康护理的前沿知识呢？”

人家可以看医学杂志啊，参加专业会议啊，上课深造啊，劳伦只敢在心里嘀咕，一个字儿也没往外蹦。

事情是这样的，四个月前，好心的阿莫斯医生对父亲直言相劝，警告他不要轻信网上的东西。打那以后，父亲直接把人家给拉黑了。

两人来到法庭的双开门前，劳伦转过身来看着父亲。

“好了，爸——”她抬起空着的那只手，手心朝上，“我们先不说这个行吗？今天的开庭对我来说真的很重要。”

老卢长叹了一口气，也许是对刚才的话题意犹未尽，也许是对劳伦闹离婚闹上法庭表示无奈。不管是哪种原因，劳伦觉得，眼下最好让父亲把他自己的小烦恼先扔一边儿去。

“关于法官接下来可能会问到的问题，咱俩可都温习过了，对吧？”劳伦收起下巴，舒展眉心，帮老卢拉了拉宝蓝色衬衫的领子，“您知道该怎么回答，是不是？”

“劳伦，我又不是四岁小孩儿。”

劳伦冲父亲浅浅一笑，抚了抚他衬衫上的褶子，“对不起，爸。”

眼前就是三号法庭，劳伦握着把手拉门而入，公文包咣当一声撞在门上。法庭里静悄悄的，空无一人。两人沿着中间的过道走进去，在原告席坐下。劳伦打开她的软皮包，取出卷宗，里面夹着她的离婚协议书。

协议书上就差一个签字，她丈夫的签字。

劳伦看了会儿她的出庭备忘，想着接下来该如何论证，又该如何反驳。这时，书记员现身了。审判台后边有两扇门，也不知她是从哪一扇门里走出来的。只见她仔细打量了一下整个房间，然后又遁身回到门后的办公室里去了。

“法官应该已经准备好了，随时可以开庭，”劳伦小声告诉父亲，说完瞥了一眼手表。8 点 59 分。“看样子格雷格又要迟到了。真是的，什么事情都不放在心上！”她又低头看起了备忘，嘴里咕哝着，“他肯定又是在哪儿救苦救难呢。”斯特林区方圆百里，但凡有哪个穷苦的人儿需要帮助，格雷格准能找着人家，真的，准能。

几分钟后，法庭正门开了，格雷格踱着步子走了进来。劳伦忍着没回头看，目光凝固在面前的文件上。就算不回头，她也知道他那副样子：漫不经心地，迈着轻快的步子。就连他穿什么都想得出来：破旧的铁头獾皮鞋，磨白的牛仔裤和 T 恤。若是他愿意为了今日的场合盛装打扮的话，最多只会把 T 恤换成 POLO 衫，别的照旧。

劳伦的一只手紧紧地背在身后。必须承认，她第一次见到格雷格的时候，立马被他一身的蓝领范儿吸引了。他是那么的与众不同，不同于她约会过的任何一个男人——在法学院的时候，她身边尽是些两耳不闻窗外事，一心只读圣贤书的学院派。

他柔软破旧的牛仔裤是那么合体，比任何料子都更能凸显出男人的小翘臀。他经常干体力活儿，这使得他的小屁股越发得紧实，让人忍不住想捏上一把。想到这儿，劳伦脸上一阵发烫。

对于她丈夫，她早已学会视而不见，置若罔闻了。若非如此，过去几个月里她又怎能保持头脑清醒呢？她抬眼朝书记员空荡荡的桌子望去，好赶走脑海里的情色画面，然后垂下眼来，"还好，某人最终决定露面了。"

"你也早啊！劳伦。"就跟谁问他早安了似的。

格雷格走过来，紧挨着劳伦站着。一股熟悉的味道扑鼻而来，沐浴皂的香味和着阳光的味道，劳伦感觉自己腹部的肌肉不自觉得一紧。直到听见格雷格走到被告席坐下来的声音，她才偷瞄过去。他的皮肤晒成了深色的金橄榄色，早上刚洗的头发还带着水迹，整洁地朝后梳着，乌黑发亮，一双眼睛比墨色更浓，比头发更黑，直愣愣地盯着她。目光接触的瞬间，劳伦赶紧把视线移开，尽可能装出一副若无其事的样子。

"你还好吗，卢？"格雷格问候老卢。

"我得了头痛。头发真疼。"

"那真糟糕。"

格雷格语气里充满了对父亲的怜悯，这让劳伦很是不以为然，切，就跟他真的关心一样！可一转念，她又清醒过来，她知道，格雷格的关心是真的，至少他对老卢是真的。自打她介绍两人相识，他们便相见恨晚似的结成忘年之交。虽说她对格雷格有百般抱怨，千般嫌弃，可人家对老卢的态度真是没得挑。

“你发烧了么？”格雷格边说边把椅子往后撤了撤。

“没有。”老卢摇摇头，“没有发烧。我敢说，只要往洗发水里加一点抗菌的植物精油就行了。”

一直以来，劳伦很感谢格雷格对父亲的关心，还有耐心。可眼下这个当口，他还如此高调地嘘寒问暖，真让人厌烦透顶。她拿起文件夹和笔记本，啪嗒一声搁在桌上，“我看，你每次都是有备而来啊。”

没拿文件。没带记事本。身为一个木匠，他耳朵后边连根铅笔也没别。看上去，他一点也不在乎今天的法庭表现，就如同他丝毫不在乎她一纸离婚诉状把他告上法庭一样。

劳伦感觉格雷格的嘴角正缓缓扬起一丝微笑。

他柔声回答道：“嘿，你看我不是来了吗！”

劳伦刚想呛回去，书记员进来了。

“全体起立，”女书记员宣布。这时，只见布鲁克斯法官推开办公室的门，走了出来，“现在开庭。本次庭审由尊敬的马修·布鲁克斯法官主持。”

布鲁克斯法官六十来岁，高个子，头发花白，面颊红润。他是斯特林地区的三大法官之一，换言之，镇上三分之一的法庭诉讼案件都由他主持，也意味着，劳伦跟他经常见面。就劳伦的了解，布鲁克斯是位开明睿智又公正严明的法官。他弯腰坐进他的黑色皮椅里，把卷宗往桌上一放，向原告和被告一一报以微笑。

“弗林太太，我看了你的诉求，”法官说道，“就目前的情况来看，你的诉求是没有法律依据的。尽管如此，我还是愿意见一见你们双方，因为我相信你一定想说些什么，好让我改变看法。”

劳伦早已准备就绪，起身说道，“尊敬的法官大人，请容我解释。整整一年过去了，自从我——”

布鲁克林法官举起一只手，“等等，律师，我还没说完。”

劳伦赶紧坐下来，小声道歉，“恕我冒犯。”

法官把胳膊肘拄在桌子上，两手合抱，眼睛盯着劳伦，“关于你的失望沮丧，你在起诉书里已经写得很清楚了。可你是懂法律的，弗林太太。”他看了看面前的文件，又抬起头看着劳伦，“我先问你几个问题，你不介意吧？”

劳伦听得出布鲁克斯法官那种“父亲训话”式的口吻。训话就训话吧，只要他训完以后，能给自己一个叫屈的机会，哪怕被他训上半天，她也忍了。身为一个公平如水的大法官，他总该给自己一个轮流发言的机会吧，她想。

“当然不介意，法官大人。”劳伦答道。

书记员站起来刚要发言，布鲁克斯法官摇了摇头，制止了她，“不必宣誓了。今天咱们就随便聊一聊。权当坐在街对面的罗斯餐厅聊天了，没有那么多条条框框。”法官看看劳伦，问道，“起诉书里写着，你和格雷戈里·弗林已经分居 15 个月了。我想问的是，你丈夫跟别人通奸了吗？”

“没有，尊敬的法官大人。”劳伦回答。

“他遗弃你了吗？”

“没有，是我让他离开的。”

“他干了犯法的事吗？”

犯法？花光我攒下的最后一分钱算不算？她忍不住想抱怨。伤我的心算不算？让我哭干眼泪算不算？让我幻想破灭算不算？莫名其妙惹我生气算不算？是啊，没有一样能定罪，她言简意赅地回答，“不，他没有。”

“格雷戈里·弗林有精神病吗？”

劳伦被问住了，她顿了顿，抬眼打量起身边那位当事人。他正注视着她，一双乌黑的眼睛放着光，见她看过来，递过来一个招牌式满不在乎的微笑。还笑！劳伦感觉自己的心脏腾腾直跳，心中的怒火噌地一下点着了。该死！她完全被这男人激怒了！真不敢相信自己之前还觉得这笑容让人沉醉！好在她是个有职业素养的诉讼律师，一下子又回过神来。她避开格雷格的目光，转过头来看着法官，迟疑了一会儿，然后回答道，“没有。应该说尚无证据显示他有精神病。”

法官没理会她话语里的讥讽，继续问道，“他虐待你了吗？”

虐不虐的完全取决于你怎么定义了。他虐她的银行账户，虐她的心，虐她对于永恒爱情的所有幻想。劳伦本想着自己可以抓住这一点，大吐苦水，好好说说她这些年来遭受的虐待，然后打赢官司。但是她太想斩断两人之间的所有关联了，此刻就想，现在就想！她忍住抱怨，只回答了一句，“没有。”

“那我们今天根本没有必要开这个庭嘛，”布鲁克斯法官语气平静，“如果你们两个是自愿分居。是自愿的吧，弗林太太？”

“是的。”

还记得她让格雷格收拾东西走人的那天，她从来都没生过那么大的气。格雷格吵着说什么夫妻只要在一起，就一定能守得云开见月明，可她早就心如死水了。那天要是换了别人，说不定早就勃然大怒了，早就大嚷大叫，把他的衣服扔到门外了，早就……

不过现在可不是做白日梦的时候。

“根据马里兰州法律，自夫妻双方自愿分居之日起，满十二个月的，可以判决离婚。”布鲁克斯法官把胳膊肘放平，两手仍扣在一起，身子往前探着，“刚才说过，弗林太太，我知道你心灰意冷。为了等你丈夫点头，你足足等了一年。真是够长的。你想好好过日子，这也合情合理。不过，我必须提醒你，因为弗林先生并非自愿分居，所以，根据法律规定，他完全可以等到分居满两年之后再签字。”

劳伦几乎从座位上跳起来，“可是，不必再等了，尊敬的法官大人。我们俩离婚离定了，绝对没有任何复合的可能了。真的。没有。”说着，她张开手，在半空中自上而下那么一劈，“咔，一刀两断。”

劳伦翻开卷宗，扫了一眼她的出庭备忘，看进行到哪一步了。她必须保持条理清晰，可不能乱了方寸，“作为事实证人，我父亲今天也来了。他能证明，我跟格雷格过不下去了。”

“请坐，弗林太太，”法官平静地说，“别急。你二人能复合也好，不能复合也罢，这个不是关键。法律规定——”

“我懂法。”劳伦说。布鲁克斯法官眯起眼睛，瞟了劳伦一眼以示警告。劳伦赶紧知趣地闭上嘴，躬身坐回椅子上，小声咕哝着，“很抱歉打断您。下不为例。”

法官又端详她半天，这才把目光转向老卢，“汉克维克先生？”

“是的，法官大人。”老卢把身子坐直，腰板挺得直直的，一只手紧紧抓着拐杖扶手，“我就是卢伊斯·伊凡·汉克维克。”

“汉克维克先生，你认为你的女儿和女婿还有言归于好的可能吗？”

“这个嘛，尊敬的法官大人，先生。”

父亲突然来了这么一个大喘气，让劳伦颇感意外，她转过头来看着他。只见他拿手拢了拢头发，浓密的眉毛拧到了一起。

“当然了，我最关心的是劳伦幸不幸福，”老卢开口了。停顿了一下，又接着说，“我知道她想让我跟您说什么。她都跟我唠叨无数次了。”

劳伦张大嘴巴，倒抽一口凉气。

“汉克维克先生，虽然你没有发誓，”布鲁克斯法官说，“但我还是希望你能实话实说。”

老卢犹豫了一会儿，然后做了个奇怪的举动：他没拄拐的那只手向下探了探，抓着椅子扶手，把椅子往边上挪了挪，离劳伦远了几毫米。

“先生，我必须承认，”老卢紧盯着法官说道，“我这个女儿脾气有点拧，像她死去的妈。”

法官微微一笑。老卢又平静地补充了一句，“愿上帝保佑她安息。”

“法官大人，请原谅我打断您。”劳伦站起身来，声音坚定有力，“我认为，我父亲有成为恶意证人的嫌疑。”

“弗林太太，你不是说不再插嘴吗。或许我该提个醒了，今天的碰面可是你主动要求的呀？无非是一次非正式的会面嘛。”似乎是为了配合这种说法，布鲁克斯法官伸出手，把木槌往右边推了几厘米，“大家就是坐在一起聊聊天。没别的。”

劳伦再一次坐了下来，狠狠地瞪着父亲。瞪也没用，她心里知道，父亲是个冥顽不灵的老头儿。要说有一样本事，他汉克维克·老卢绝对不比格雷格逊色，那就是气死你没商量。劳伦敢肯定，父亲今天准要秀出他的看家本领了。

“汉克维克先生，你的意思是？”布鲁克斯法官问。

老卢拿拐杖往地上轻轻敲了两下，回答道：“先生，我知道我女儿很生格雷格的气。要我说，她确实该生气。这两年，格雷格有些事做得的确有问题。”他身子往前探了探，语气柔和起来，“可我觉得，我觉得不能因为钱的问题就离婚啊。”

劳伦又倒抽一口凉气，“爸！不光是钱的问题，您知道的。”

她把脸转向正前方，两边的这俩男人她一个也懒得理，“尊敬的法官大人，我向您保证，我跟格雷格没戏了，不可能再复合了。婚姻就像双人探戈，我现在不想跳了不说，就连音乐我也听不了了。”她决绝地说，“是，我是卖了自己的踢踏舞鞋，拿钱给格雷格还债，可这绝非离婚的唯一原因。”

老卢在旁边小声嘀咕着，“你干吗非得穿踢踏舞鞋跳探戈，你就没想过这或许就是问题所在？”

劳伦一心想表达心中所想，压根没理会老卢的问题，“布鲁克斯法官，为了还格雷格欠下的一屁股债，我掏空了最后一分存款，透支了最后一分养老金，我将近六万美金就这么花出去了。这个周末，我父亲就要搬过来跟我同住了，因为我没法既要负担他的房租，又要存退休金。”

“谢谢你啊，这下全世界都知道我得靠你养了，”老卢颇为不满。

“不是养你，爸，是帮你。养和帮差别大了。”劳伦瞥了一眼格雷格，他一脸窘迫，正直愣愣地注视着前方，太阳穴附近的肌肉聚成一团，很痛苦的样子。劳伦才不关心这个，她只想要他那该死的签字！

“法官大人，”她接着说道，“我得再工作上好几年，才能弥补损失。格雷格压根不懂财务规划，生意也做得一塌糊涂，我不得不一再削减预算来应对大把的账单，一想到这个，我就觉得反胃。再想到他是如何骗我的，我就更加恶心。他辜负了我对他的信任。我想结束这一切，彻彻底底、永永远远地结束这一切。”说完她敛起下巴，毅然决然地看着布鲁克斯法官。

布鲁克斯法官身着一袭黑色长袍，让人望而生畏，他看了看劳伦。劳伦心想，这位老人不会是要让自己失望吧！只见他轻轻摇了摇头，然后转向了格雷格。

这一回，劳伦觉得自己马上就要尝到胜利的滋味了。

“弗林先生，”布鲁克斯法官声音温和，“你不介意的话，我想知道你为何拖着迟迟不肯离婚呢？”

劳伦转过头来看着格雷格，他默不作声，沉思了好一会儿。

终于，他微微耸了耸肩，举起长满老茧的右手，手心朝上，回答道，“可能，是骄傲吧！”

法官用指尖无声地敲打着桌面，“你的回答让我颇感意外。

我原以为我会听到另一番完全不同的回答。你愿意解释一下吗？”

这个高大健壮的男人，用起斜切锯来得心应手，爬起脚手架来来去自如，此刻坐在这把方方正正的木头椅子里却显得极不自在。可能是这个问题让他觉得窘迫难当吧！

“我不想把事情搞成这样子。”

趁他迟疑的当口，布鲁克斯法官循循善诱地追问道，“弗林先生，你的意思是把事情搞成什么样子？”

格雷格清了清嗓子，在椅子上挪动了一下身子，“呃，我不想此时弃劳伦而去，呃，我是说，留下这么一个烂摊子。要是她肯接我电话，要是在街上见到我，她愿意听我说句话，我想今天我俩走不到这一步。我多想告诉她我内心的想法，告诉她我的计划，我多想找到解决问题的办法！”说着，他摊开双手，放在桌面上，“法官大人，我知道我们回不去了，劳伦已经说得很清楚了。”他又陷入了沉思，手摸着下巴，“但是我想把最关键的问题解决掉。我不想在欠我妻子这么多钱的时候跟她离婚，这太丢脸了！您也是男人，您一定懂的。”

劳伦眨眨眼，“但是你并不，并不欠我钱啊！”语气里带着些迟疑。她看看法官，又坚定地重申一遍，“他不欠我钱。”

“我也是这么劝他的。”老卢喃喃自语。

“哎！可我就是欠她的钱！”格雷格回应道，语气和劳伦的一样坚定。劳伦不禁对他侧目。格雷格整个身子转了过来面对着劳伦，好让她听清楚自己说的话，仿佛整个屋子里只有他们两个人，“你刚才也说过，劳伦，小六万美金呢！”

“格雷格，可是生意我也有份。”好家伙，那生意真是个错误！但爱就是这样，把人变得如鼹鼠一般盲目，“店倒闭欠下的债自然也有我的一份。”

“那是我欠的债，劳伦，不是你的。”

格雷格瞪着眼，眼珠子瞪得像极了两大颗乌溜溜的黑玛瑙，那眼神倔强的，简直是要把劳伦吞了，生生吞了。劳伦最受不了他这一点，每次不管是在超级大回转滑雪比赛上，还是在州银行里，只要一看见他，劳伦立马转身走人。她没法跟这样一个犟起来要把人逼疯的人交流。

“尊敬的法官大人，”劳伦只能完全寄希望于身着黑袍的那位了，看起来，他是唯一有可能把她从僵局中解救出来的人，“请跟他讲讲法律是怎么规定的好吗？让他明白他不欠我钱了。”

格雷格说话的时候，布鲁克斯法官的表情愉悦多了，“你得承认，弗林夫人，你丈夫的心意是好的。他在尽力替你打算。”法官耸耸肩，“我甚至想说，弗林先生简直有副骑士般的侠义心肠。”

劳伦眉头紧锁，“没有要冒犯的意思，只是亚瑟王死去之日便是骑士精神灭亡之时。”

“你看你又来了，”老卢埋怨道，“穿踢踏舞鞋跳探戈！什么跟什么啊？”

劳伦回过头来，反驳道，“你说得完全不通，爸，您就不能安生坐着吗？您要是不想帮我打赢官司，至少别捣乱啊。”说完，劳伦看到老卢一脸受伤的表情，可她不想让自己好不容易下定的决心功亏一篑。她转过头来看着法官，“我想要的不是弗林先生的钱，我只想让他签了这些文件。”她随手晃了晃那些文件，“我不希望再等上一年才能离婚。我希望——”

“行了，够了！”格雷格拍案而起，椅子腿儿蹭在地板上吱吱嘎嘎响，“劳伦，如果离婚对你来说就这么重要，那我签！”

是的！这就是劳伦一直盼望的，盼望着格雷格最终能够明白她的苦闷，同意离婚，从此一刀两断，各奔前程。

劳伦以迅雷不及掩耳之势拧开万宝龙水笔的笔帽，然后把离婚申请书在格雷格面前摊开。格雷格伸手接过水笔，粗糙的手指尖轻轻擦过劳伦的手背，瞬间，一股热流触电般掠过她的皮肤，让她为之一颤。劳伦的反应，格雷格似乎并未觉察。

“你看看内容再签吧。”劳伦念叨着，看着格雷格在签名栏里草草签下名字，心里简直乐开了花。

格雷格盖好笔帽，一脸严肃地盯着劳伦，凌厉的眼神几乎要穿透她的脸，“谢谢你的提醒，大律师！”

劳伦哪里顾得上理会格雷格语气中的不满，她拿起签好的文件，问道，“布鲁克斯法官，我能上前一步吗？如果您能签个字，整个程序就很快走完了。”

“等一下，弗林太太。”法官翻开桌子上的马尼拉文件夹，“婚离了，所有的一切也要跟着变了。现在，趁着大家都在场的时候，我们不妨把财产分割的问题一并处理了吧。”

劳伦顿了顿，感觉自己的心开始砰砰乱跳，“请您原谅，尊敬的法官大人，可我们已经没什么财产需要分割了。房子是我的婚前财产，房产契约上没有格雷格的名字。”为了这份上帝的恩典，劳伦已经祷告了无数遍了，“店转出去了，所有的存货也都变卖了，得来的钱都已用来偿债。轿车归我，卡车给他。至于做木工活的工具，他可以留着，以便谋个营生。”劳伦理了理手中的材料，把它们放到桌上，“您看看，没什么需要分割的了。”

“噢——弗——林——太——太，”布鲁克斯法官几乎是一字一句地唱出来的，他翻了翻面前的文件，说道，“这你可就错了。”

2

人生本已多艰，若再犯傻，必将火上浇油。

——约翰·维恩[①]

“你绝对想不到格雷格·都干了什么。”劳伦走进办公室，公文包往桌子上随手一丢，还没等跟在身后的那位女士张口提问，便自行给出了答案，“他竟背着我藏了一块地产！”

诺玛·琼·普鲁特褐色的大眼睛瞪圆了。虽说她已经六十有二了，但她的言谈举止还和三十岁无异。从律所开张第一周起，诺玛·琼就跟劳伦共事。她原本是律所招进来给劳伦当前台接待的，这么多年过去了，她的工作内容越来越丰富，既有公事也有

① 约翰·韦恩，好莱坞明星，以演出西部片和战争片中的硬汉而闻名。

私事，各种头衔一大堆，而她最重要的头衔便是劳伦的闺蜜。诺玛·琼浑身上下活力四射，活像一头初生的小老虎。客户和同事都对她享受生活的态度津津乐道。意志消沉时，她给你注入希望；灰心丧气时，她为你擦干眼泪；胆怯退缩时，她让你鼓起勇气……她简直就是一位拯救灵魂的超级英雄。做前台接待拿的那点薪水可真是委屈了她。

“就在蚊腿儿路上，一亩多大的一块地。”

诺玛·琼皱了皱鼻子，“位置不算太好哈。”

劳伦从公文包里抽出她的离婚卷宗递过去，“谁说不是呀！”

诺玛·琼接过文件夹，把它塞到她那个永不离身的笔记本的下面，“我以为五金店倒闭的时候，所有东西都跟着一起变卖了呢。怎么他还有一处地产呢？”

“显然啊，”劳伦边说边用力拽出另外几个文件夹搁到桌上，“他给人翻修房子，结果人家没钱付给他。总之付不了现金呗。”她咬牙切齿地问道，“就没人觉得奇怪吗？他打哪儿找到的这些人？”说完叹了口气，“总之，人家拿这块地抵债，格雷格就收下了。他跟法官说，这叫物物交换。”

“蚊腿儿路一带地势低洼潮湿。”诺玛走到窗前，“他不会是准备在那里盖房子吧？”她调整着百叶窗叶片的角度，挡住外面刺眼的阳光。

“当然不会。”劳伦把公文包放到桌子后边，“布鲁克斯法官已经把那块地判给我了。”

诺玛转过身来看着劳伦，“什么？真的吗？”

劳伦点点头，“格雷格还一个劲儿地理论，说什么这块地不算婚内收入，交易是我俩分居之后发生的，不该作为婚姻财产进行分割。还说什么地理位置不好，值不了几个钱，一片荒地上除了一个破烂不堪的棚子以外什么都没有。可是他前一秒还跟法官说，自己之所以迟迟拖着不离婚，就是不想离了婚还欠我一屁股债，真是自讨苦吃！”

诺玛·琼总是一身的浪漫细胞，“哇呜……”说着，她那褐色的大眼睛变得柔和起来，红唇微启，说道，“你得承认，劳伦，这多贴心啊。”

劳伦摇头不语。大家都怎么回事？都这时候了还看不清格雷格的真面目！

“布鲁克斯法官把那块地，地上的棚子，还有棚子里的一切都判给了我。他让书记员五个工作日内把我的离婚文件归档，同时格雷格要把地契交给我。”劳伦坐在办公椅上，两腿滑到桌子底下，“所以下周我就正式离婚了，还会成为蚊腿儿路上某块地的主人。”她心不在焉地伸手去拿桌上的文件夹，啪地一下拧开水笔，嘴里念叨着，“为何我有种感觉，好像自己刚出狼窝又入虎穴呢？”

“好了，劳伦，”诺玛·琼嗔责道，“别这么悲观。”

***

斯科特·肖是个清瘦的年轻人，一双大手、两只骨感的肩膀刚发育好。大长脖子就跟伊卡布·克瑞恩[①]的一样，支起一颗硕大无比的脑袋，显得有些怪诞。要是他嶙峋的骨架上再添上点儿肉的话，说不定劳伦还会以为他是个边卫或者接球手什么的，可他太瘦了，瘦得皮包骨头，眼看这六英尺高的身躯都快散架了，更别说当什么校足球队球星了。

他坐在一把带扶手的皮椅子上，没礼貌地晃来晃去，两只骨架般的膝盖一开一合。此时，劳伦正翻阅着他带来的警方报告，一边读着作案经过，一边抿着嘴唇免得笑喷。孩子们干的这些恶作剧，捅了篓子不说，有时真让人哭笑不得。

劳伦特想问他，你当时脑子里想什么呢？不过，即使不问，她心里也清楚得很。显然，斯科特·肖，还有斯特林大学的每一个学生，他们之所以出现在她的办公室门口，火急火燎地找律师帮忙，还不都是因为一时的脑热——犯事的时候，压根儿就没想过自己的行为会导致什么样的后果。

“那么，斯科特，”她先开了口，“你被逮捕并被指控为妨碍社会治安——”

---

① 《沉睡谷传说》的主人公，他又高又瘦，长着鹤一般长长的脖子。

“我当时只是自顾自地沿着大街走，什么闲事也没干。我发誓。”那双青蓝色的眼睛睁得大大的，看起来像一个迷路的小孩。

“——制造恐慌和袭警——”

“我没碰那位女士和她老公，用我的……”斯科特停顿了一下，凹陷的双颊像消防灯一样涨得通红。他急忙挺了挺身子，“我发誓我没有。你得相信我。是她碰的我。我当时只是站在那里想自己的事，等绿灯亮了我好过马路。”他的眼神中闪过一丝紧张，“是她先搭讪的。是她伸出手来摸，顺着……”他又停顿下来，咽了咽口水，“顺着我的——”接着又一个停顿。他眉头紧锁，“她这么一摸，她老公顿时飚了。”

此案的罪证是一根长达五英尺的塑料充气阳具，“底下连着毛茸茸的阴囊”——逮捕斯科特的警察在报告里这样写道。斯科特用胳膊夹着这么个庞然大物，沿着主街晃了一路，去参加周六晚上的兄弟趴。他要是在学校里随便找个角落藏些淫秽用品也就算了，最多挨训导处主任一顿训斥。可这次倒好，镇子上好几位居民都牵扯进来，大家嚷来嚷去吵成一团，更要命的是斯特林市的警方，警察们觉得必须抓住学期伊始的大好时机，好好教训教训这些违法乱纪的学生们，让他们在接下来的一学年里学乖点。正因为如此，眼下警方对学生管得那叫一个严格。执法机关对学生们的严打态度，倒给劳伦带来了一笔丰厚的收入。

“那男的猛一下把我从他妻子身边推开，我还没来得及喘口气，他就抽出手机拨打了911。我想跑，可是他抓住了我的胳膊，死抓着不放。那老家伙也真够有劲的。”斯科特说着，一只膝盖条件反射般地弹了起来，“撞车也不是我的错。谁让那女的不专心看车，非得盯着人行道上的人群看热闹呢。”

劳伦叹了口气。一起行人事件连着一起交通事故。斯科特得让斯特林的警察们做多大一堆文书工作啊！主审官想必早烦透了这样的指控。看了看逮捕报告，劳伦抬头问道，“你后来又拒捕是因为……”

年轻人不平地抬起下巴，“我可没想拒捕，是那条子扬言要戳个孔，在我的……在……”他囧得眉头紧皱，沉默下来。好半天，他喘了口粗气，肩膀耷拉下来，开口说话了，声音里已然听不出刚才的愤怒。

“我就是晕菜了，完全晕了。脑子不转了。我气不过，那些条子凭什么拿走我的东西。它可花了我整整一周的零花钱啊，弗林太太。还不算邮费和组装费。”

他生起气来下巴一张一合的，“全怪布莱恩。上周他借走了我的自行车打气筒，一直没还我。周六，我给他打了二十几个电话，他都不接。参加聚会之前，我总得先看看这东西是啥样的，你说是吧？可是布莱恩就这么消失了，鬼知道他干吗去了。”他尴尬地摇了摇头，把前额的头发往后抓了抓，“所以我只好自己吹气了。”他蓝色的眼睛扑闪着，盯着劳伦，想在她眼里寻求到一丝理解。“吹了好久好久，我以为自己都要吹晕了呢。为了把它吹起来，我都快累死了，可不能再让气儿跑了。所以我就决定带着它去参加聚会了。”他耸了耸肩，眼睛看着窗外，嘴里念叨着，“我招谁惹谁了？”

劳伦胳膊肘拄着桌子，食指轻轻地抵在双唇间。当事人麻烦缠身的时候，常会把劳伦的沉默当成同情，她倒觉得无所谓，尤其是现在，看得出斯科特的情绪变得越来越低落。可是，可怜之人必有可恨之处，这么低级的错误都能犯，让人怎么去怜悯？况且，她还得强忍着不笑出声来。难道他竟天真地以为，光天化日之下，拿着根五英尺长的塑料充气阳具走在主街上不会惹人非议？

又一个无声的叹息，劳伦想，毕竟是年轻啊，再怎么聪明绝顶的人年轻时也保不准会干些傻得冒泡的事。她拉开桌子的边屉，取出一个黄色的笔记本，说道，“我得收一千八百美元的预付款。”

“一千八百美元？”

劳伦完全没介意斯科特那吃惊的语气，坐在那张椅子上的人们不老这么反问吗，她早已听了几百遍了。

“斯科特，我得先花几个小时去研究判例法。如果你需要我来做代理人的话，我还得再花上一小时，甚至更长的时间来准备法庭辩论。接下来是法庭审理阶段，得再花上我们长达三小时的时间。”

“可是我没有那么多钱啊！我没有工作，我只是个全职学生。我爸每周只给我十五块钱[①]生活费。”他两只大手紧紧地攥着椅子扶手。“你说我要是不请律师的话，能脱罪吗？”

“我可不建议你这么做。”劳伦拿起钢笔，在桌子上轻轻敲了几下。“虽然每项指控都是轻罪，可要是从重判的话，随便哪一个也能判你个罚金外加蹲监狱。”

斯科特苍白的脸越发惨淡了，“蹲监狱？还有可能蹲监狱？”

劳伦点点头，“不过因为你没有前科，所以蹲监狱的可能性倒不是很大，但是这种事可说不准啊。况且你还拒捕，法官就更加不会手下留情了。”

斯科特呼吸急促起来。

“斯科特——”劳伦放下水笔，手指抚弄着笔记本上的线圈，“——你通知父母了吗？”

“只有我爸。”斯科特的声音里有一丝迟疑，然后喃喃地补充道，“通常情况下。”他目不转睛地看着劳伦，“不管怎么样，我还是希望能自己搞定。我爸要是知道了非得杀了我不可。”

只有我爸。通常情况下。劳伦不知道这些话到底是什么意思。

劳伦略微歪了下头，微笑着说，“我不相信你爸真的会这么做。他可能会失望，我们都不想让父母失望对吧。可要是瞒着他

---

① 指美元。

们，那样对我们一点好处都没有，斯科特。你需要帮助，论情感论金钱你都需要帮助。”劳伦抱歉地抿了抿嘴，“我可以帮你一把，跟你好好解释解释相关的法律问题。可不幸的是，我不能免费替你打官司。本市可找不到哪位律师愿意免费为你服务。”

是啊，她也想做个大慈善家，做个乐善好施的撒玛利亚人，抛下所有责任，不顾一切地帮助每一个需要帮助的张三、李四、王五。谁不想啊？可是她还得养活其他人呢。每周要给诺玛·琼发薪水，每月得交办公室租金、租车费、房子月供，还有各种水电煤气费，还有老卢，老卢也需要她的帮助。她必须赚钱！

劳伦眨眨眼睛，紧咬牙关，感觉自己全身血液都沸腾起来。她深吸了一口气，好让自己平复下来，与此同时她意识到，这全身窜动的怒火也怪不得这位年轻人啊。

不是，当然不是。造成她经济困难的罪魁祸首是格雷格，而非别人。

劳伦站起身来，面带微笑把手伸向斯科特，“诺玛·琼应该跟你说过了，初次的法律咨询是免费的。离你这个案子的开庭时间还有好几周，你有充足的时间来决定自己想怎么做。”

斯科特从椅子上站起来，握了握劳伦的手，“感谢您的宝贵时间。”他低声说道。

劳伦被他眼中闪过的恐惧和疑惑给触动了，“这不是世界末日，斯科特。”

他满脸怀疑地点点头。

“给你爸打电话吧！我相信他很乐意听到你的消息。而且我敢打赌他会比你想象得更加理解你。不管你想不想请律师，我都强烈建议你请一位。像我刚才说的，你可以不请我，可要是没有一位律师陪着你出庭的话，那样做是很不明智的。”

斯科特又点了点头，朝门口走去。

劳伦喊了他一声，他转过身来。劳伦也不想让她接下来的那句话听起来铁石心肠，可是她没法不说，不然会把自己憋死。

“如果你决定请我，下次来的时候请带把支票带上。”

斯科特·肖恩垂头丧气地走出办公室，像一只被鞭子抽过的小狗。

3

婚姻如同一场在三个环形舞台上同时上演的大马戏，婚前一个环，订婚戒指；结婚一个环，结婚戒指；婚后还有一个环，这个环就是枷锁。

——佚名

蚊腿儿路崎岖不平，蜿蜒爬行在马里兰州西部的乡村大地上。劳伦开着车一路驶来，透过摇下来的玻璃窗往外望去，漆树、刺棘，还有满是杂草的灌木丛给这片沼泽地铺上了一层地毯。侧耳听去，成百上千只青蛙为她齐声吟唱着一首乡间小曲。经过地势较高的一带，一片片小树林从她身边掠过，有松树、灰胡桃树，还有白蜡树。

一大早开车出来，寻找一块理论上还不属于自己的土地，着实是件不靠谱的事情。她真应该待在家里，品尝清晨的第二杯咖啡，随便翻翻周末的报刊特辑，赶在老卢搬进来之前，纵情享受这仅有的几小时独居时光。

劳伦用手指头摩挲着额头。她是那么爱她的父亲，她愿意为他做任何事。可是两人已经好多年没在一起生活了。她出来上大学以后，父亲就开始一个人住；而她本人，因为婚姻破裂，过去一年里也是孤零零一个人住。这回，两人又同住一个屋檐下肯定不是件容易的事，对谁都不容易。

是的，真应该待在家里啊，好好享受这份即将失去的宁静。然而，在这个美妙的早上，她还是被好奇心驱使着走出了家门。昨天她联系了一位在不动产登记处工作的朋友，打听到了布鲁克斯法官判给她的那块地的准确位置。

她不时地看看仪表盘，当里程表指向八点五英里的时候，她减慢了车速。据那位朋友讲，那块地距离镇上不到九英里，在蚊腿儿路的东侧。

周四晚上，老卢就打电话过来了，埋怨她不该拿走属于格雷格的地。

“虽说法官判给了你，”他说，“你可以不接受呀。”

劳伦压了压火儿，和声细语地回应道，“然后让你跟镇上的每一个人解释自己养了个白痴？爸，我怎么可能那样对你呢！”

车子缓缓前行，经过了一段土路，劳伦伸长脖子四处张望着，正前方有几棵树，一个大仓库立在中间，仓库上的红色油漆已经斑驳，里面光秃秃的木头依稀可见。她继续往前开，照着格雷格跟法官描述的样子，寻找那块带棚子的土地。

她经过了一片一望无际的田野，地里的庄稼刚刚收割，留下了一排一排的不知什么植物的残根。里程表都指向十英里的位置了，田野仍是茫茫一片望不到边，劳伦向三点钟方向掉头，开始往回开，又回到通向仓库的那条土路的路口，停了下来。

“不对头哇。”她一边咕哝着，一边把车开上狭窄的土路。说不定她能碰到一位农夫什么的，好给她指指路。

她熄了火，拔出车钥匙，从车里钻出来，随手关了车门。好一个凉爽又静谧的清晨，微风拂过树梢，树叶沙沙作响，叶尖上已经沾染了秋天的颜色，用不了多久，整个大地就会换上金黄色的织锦。

劳伦走向仓库，一路上连个鬼影也没看见。想必那农夫——这块地的主人，此刻已经喝上第二杯咖啡，正翻着报纸，尽情放松呢，劳伦若有所思地苦笑了一下。可是大老远赶过来，要是不确认一下这仓库是不是自己要找的地方就离开，也未免太傻了。说不定这位农夫就在仓库里，干农活干上了瘾，正在发动拖拉机，或者干些别的什么活计。

门闩又笨又重，上面涂的油漆已经剥落，合页倒像是上好了油，开起门来顺溜得很，没发出一点儿声音。

“喂，”室内一片昏暗，她冲着里边喊道，“有人吗？”

她叹了口气，正要转身离开，目光突然落在一样东西上。光透过打开的门缝照进了仓库，一个铁灰色的工具箱在光线的照射下醒目起来。劳伦皱着眉，一只手还撑在仓库高大的门板上。工具箱破旧的金属盖子上贴了块胶纸，上面用大写字母写着“弗林”。

劳伦愤怒地抬起头，喃喃自语道，“破烂棚子。真是又破又烂！”

她一把推开门，接着又往里走了几步。仓库四面的墙是拿木板钉起来的，微弱的光束透过木板间的缝隙偷窥进来，光线所到之处，灰尘肆意翻腾。

靠她最近的墙边放着一张宽大的工作台，跟整面墙一样长。随着眼睛逐渐适应屋里昏暗的光线，两根金属立柱出现在她眼前，顺着柱子向上望去，只见它们一直通到顶棚。她径直往前走着，突然发现昏暗中有两只巨大的黑眼睛正盯着她看。劳伦吓得倒抽一口气，手捂着嘴屏住了呼吸，这时，她意识到这眼睛是假的。

她长舒一口气，感觉整个身体都瘫了下来。刚才真是吓得够呛，手都抖了起来，她一抹额头，发现指头上全是汗。

她好奇极了，继续往里走。突然，又有好多双眼睛进入她的视线，她大吃一惊，不由得张大了嘴。

那里有一只老虎、一头大象、一只长颈鹿、一匹斑马、一头狮子、一只羊驼、一头豹子、一匹马，还有好多漂亮的马。

一座旋转木马！上面是各种马戏团的动物！

直到走上旋转木马的圆台子，她才意识到自己笑了起来，笑得嘴都合不拢了。

记得小时候，那时妈妈还在，每年夏天，父母都会带她去马里兰的海边。挨着海边的木栈道的旁边，有一个游乐园，她在那里骑着旋转木马。漆着华丽色彩的动物，一上一下地动着，伴着欢快的音乐，载着她一圈一圈地旋转。转得可真快呀，每转一圈，她就欢笑着向父母招手。

劳伦伸出手，捋了捋那头威风的狮子脸上的鬃毛，回味着快乐的往事。一抬手，她发现手上满是灰尘，忙在牛仔裤上蹭了蹭。

虽然这木马已光鲜不在，铜杆和护栏已经锈迹斑斑，动物身上的漆也已经褪色剥落了，却叫人喜出望外。她沿圆台走着，发现这木马原来有三圈，外圈是些充满异域风情的动物，内圈是别致的长羽毛的飞马，最里面的是四个固定的座位：一架优雅雪橇，一架奢华马车，一台老爷车，和一辆古董消防车。

她走下圆台，在大腿上擦了擦手。得多少年没人碰过了啊，整座精巧的木马，已经盖上了厚厚的一层灰。她后退了几步，手放在胯骨上，看得入了迷。

它怎么会在这里？它又从何而来呢？

一想到这台奇妙的机器，连同这些奇异的动物，还有这一匹一匹潇洒奔腾的马儿全都属于她——虽然现在还不是，但很快就是她的——她就乐得合不上嘴。法官大人不是下令了吗，这块地，地上的棚子，还有棚子里的一切东西都是她的！

要是能看到这位老姑娘梳妆一新，随着老式沃立舍钢琴的欢快曲子翩翩旋转，那该多棒啊！劳伦刚要伸手去抚摸长颈鹿的大长脖子，这时，她听到一个声音，手停在了半空。

又是一小下窸窣声，她循声望去，目光停留在仓库尽里头的粗制木门上。

难道是只猫？困在屋里找不到出口？

是老鼠？想到老鼠，她觉得一股寒气顺着脊柱噌噌往上钻。

她听见咣当一声——要是老鼠的话，个头儿可不小——接着又听见一声低沉的咒骂。好了，管他门后边是什么，反正不是啮齿类动物。

劳伦想赶紧离开这里，于是向门的方向转了过去，腿还没来得及迈开，心中油然升起一种莫名其妙的保护欲，她不由得挺起了胸膛，眉头也跟着紧皱起来。这里是她的地盘，她的仓库，她的旋转木马。可不能让流浪汉或是聚众玩乐的小青年们随意破坏她的财产。

“我不知道你是谁，”她厉声说道，“你最好马上出来。马上。”

门晃了两下，随即被推开了。

“劳伦？”格雷格走了出来，光着膀子，牛仔裤最上面的扣子也没扣，靴子上的鞋带松脱着，一直拖到脏兮兮的地上，一只手在平坦的肚子上抓痒，“你来这里做什么？”

“我来这里做什么？”劳伦反问道。“那你又在干什么呢？”还没等格雷格答复，劳伦接着说，“你像是刚起床。”

“我昨晚一直忙着干活儿来着。”他指了指摊在工作台上的那些油画外框，手捂着嘴打了个哈欠，“干着干着实在太累了，就睡了。里屋有张折叠床。”

“你不冷吗？昨晚那么冷。”不知为何，她的问题听起来像责备。

“我找了条毯子。”格雷格说着，用手掌搓了搓赤裸的胸口，“估计我夜里觉得热了，T 恤不知扔哪了。里边太黑，刚才找靴子的时候把脚趾头给碰了。”

格雷格那双煤球一样的黑眼睛，即便睡意惺忪的，也性感得要命。一头乱蓬蓬的黑发，让女人忍不住想帮他用手梳一梳，好让它们看起来整洁一点。

怎么会冒出这种念头，劳伦真生自己的气。她抬头看着格雷格的脸，说道，“你这叫私闯民宅。”

他一动不动地瞪着眼睛，回应道，“我没有啊，现在不算，还有一两天的时间才正式转移所有权呢。”

沉默，笼罩下来，就如同这仓库里的尘土。只是他们早就适应了。

终于，劳伦打破了沉默，她往左后方看过去，看看那座旋转木马，又抬头看看屋顶，“一个破烂棚子哈？”她嘲弄道。

格雷格没应声，只是摇了摇头，回到黑漆漆的里屋。一会儿出来了，身上穿了件黑色 T 恤，俩胳膊正往袖子里伸。

“你什么时候才能消气啊，劳伦？”格雷格边说边把后腰的 T 恤下摆往牛仔裤的腰带里别。

她一脸平静地说，“等到你承认嫁给你算我倒霉的那天。”这种逞口舌之快的喜悦刚持续了不到一毫秒，格雷格的衣服拉链开了，肚脐眼一下子漏了出来，像只眼睛，眨巴眨巴地挑逗着她。劳伦感觉体内的欲火一下子蹿了上来。

“是我把事情搞砸了，”格雷格说道，“我知道，你知道，卢知道，城里每个人都知道，劳伦。我们为什么就不能翻过这篇，好好过下去呢？”

“搞砸了？你就管那叫搞砸了？你连店都丢了，格雷格。”

他弯下腰去，给一只靴子系鞋带，然后抬起头，看着劳伦的眼睛，“是的，店关张了，几个月之前就已经既成事实了。”

他脸上的表情显然是在说，他不想再提这件烦心事了。劳伦才不理会呢，管他烦还是不烦。

“你骗了我。你背着我藏东西！”愤怒使她血脉贲张，她却欢迎并拥抱这愤怒，因为她擅长处理这种情绪。

格雷格依旧默不作声，低下头去系另一只靴子的鞋带。他站起身来，盯着她看了好一会，伸手从口袋里掏出他的钥匙圈。

“娶了你我过得也不轻松。”话一说完，他就转身回到里屋。

“你这话什么意思？”劳伦紧追不舍地问道。

格雷格就说了俩字，“回见”。

不一会，格雷格开动了他的卡车。他一定是把卡车停在了仓库后面，因为刚才过来的时候，劳伦并没看到那辆车。卡车走远了，昏暗的仓库又陷入了一片死寂。

劳伦气得咬牙切齿，拳头紧握。这男人真是气死人了！婚姻失败百分之百是他的错。他私藏财产不说，他还撒谎！他的所作所为彻底辜负了她的信任。要说离婚谁有错的话，可一点也赖不着劳伦。

她慢慢转过头，视线扫过那座旋转木马。方才对它的着迷已荡然无存。现在再看，它是那么破败不堪，像一堆破铜烂铁。她从工作台上捡起一块抹布，擦起了吊着长颈鹿的那根铜杆。可擦来擦去，它依然黯然无光，毫无生气。劳伦不断地擦拭着，越来越用力。估计只能用点儿化学去污剂，才能让这破旧的铜杆重现光泽了。

她退后几步，脑海里突然一闪念。关于这块地以及这座旋转木马的用途，想必她那位眼光独到的老公早已了然于胸，只是打着自己的如意算盘，不肯告诉她罢了。他准是看到旋转木马的第一眼，就开始想入非非了。说不定，他早就做上在蚊腿儿路上开家游乐场的春秋大梦了。

劳伦把抹布撇到工作台上，仿佛那抹布着了火，要把她的手烫伤似的。

要说她最了解自己哪一点，那就是她脚踏实地，不爱做梦。对她来说，这些财产的价值，唯一价值，就是弥补她在五金店倒闭之后遭受的损失。

要是把钱拿回来，她就可以把养老金账户里的钱补上，就可以帮父亲交房租，好让他有个属于自己的窝。

想到老卢，她连忙看了看手表。她最好麻利点，否则耳朵还不得给他那满腹的牢骚磨出茧子来，那简直是一定的。老卢是那种连出席自己的葬礼都得早到半个小时的人。劳伦跟他约好十点钟会合，估计等她到的时候，他早就拎着行李箱，在楼前的路边上走过来踱过去了。

劳伦拍拍手上的灰，感觉心情好多了，脑子里没那么乱了，心也静了下来。转身离开之前，她又看了一眼那些动物。在某个地方，一定有某个人，愿意把整块地和这破烂的旋转木马一起买下来。

肯定有的。她打算找到那个人。

***

她穿过圣橡公寓的停车场，时间刚刚好。不出所料，她果然看到路边有个人。但是走近一看，才发现那人并非父亲。

格雷格肩膀上扛着父亲的那把丑了吧唧的绿皮安乐椅，正铆足了劲往他的皮卡车后斗里装。

“格雷格，”她喊道，紧接着摔上车门，昂着头走上前去，“你在干什么？”

“我觉得——”格雷格一边使劲把椅子往里挪，一边嘟囔“——你不都看见了么。”

“你到这儿来干什么？”劳伦只好问得更直接些。二十分钟前，格雷格跟她说“回见”，劳伦还以他只是那么一说，没想到转眼真的又见面，“我雇了人手，他们一会就到。”

格雷格又一边嘟囔一边使劲往里推着椅子，“我还是那句话。”说着又推搡了一把，“我在干什么，你不都看见了么。”又嘟囔了第三次。然后话题一转，“你想搭把手么？”

劳伦碰都没碰那把椅子。她只知道，自己原打算把它扔在路边的，谁需要谁拿走好了。

这时，椅子嗖地一下滑进了卡车车斗里，仿佛安了轮子一样顺溜。格雷格伸直了腰，长舒一口气。“谢了啊！”他感谢道，尽管语气中毫无感谢之意。

劳伦把车钥匙塞进后屁股兜里，“我请的人这就来了，格雷格，我人手够了，不需要你帮忙。”

格雷格毫不在意地耸耸肩，“跟你爸说去吧。是他请我我才来的。”他背过身去，伸手去够椅子腿旁边的绳子。

望着眼前的这座砖混建筑，劳伦愁眉苦脸地摇摇头。她从没想过搬家这天会是这个样子。父亲到底怎么想的？居然让格雷格来帮他搬家？劳伦径直走向大门。

客厅堆满了纸箱，一些已经用胶条封好了，还有一些纸箱敞着口。

“爸，”劳伦走进屋子，关上门，“你在哪？”

“在里面。”

劳伦循声走到公寓后面的卧室里。

“什么情况？”劳伦说，“为什么让格雷格来帮忙？”

父亲正在叠一件睡裤，“因为他有卡车啊。”

“可我们不是都说好了吗。我请两个大学生过来。他们一个有卡车，一个有货车。肯定够用了。”劳伦瞥了一眼手表，“他们分分钟就到了。”

父亲笑了笑，“除非他俩昨晚没有通宵狂欢。”

劳伦撅起嘴，没吭声。他的话也不无道理。但她之前跟那两个年轻人聊过，觉得他俩挺靠谱，才决定雇他们帮忙的。

“他们会来的，爸。”

父亲哼了一声，将裤子放进行李箱里面。

“那椅子呢？我们不是说好了——”

“我需要这把椅子，我想留着它。”

父亲看都没看劳伦一眼。劳伦沉默下来，好一会儿没说话，心里思量着到底发生了什么。“好吧，”她平静地说，“如果那把椅子那么重要，咱们就搬过去。”

父亲没吭声。

“您瞧，今天本来是美好的一天，快乐的一天，还记得吗？”劳伦把大拇指插进后屁股兜里，“可他来了，真见鬼，我就知道他会惹毛我。”

父亲不过是合上箱子，却非要使出宰牛的劲儿，“你就不能忍一天？”

他这一声怒吼，让劳伦大吃一惊，顿时没了脾气。

“要是你请的那两个小子不来的话。”父亲接着说道，“我们就得靠格雷格了。即便他们来了，格雷格也能搭把手。把它看成件好事，不行吗？”

他拎起箱子，气呼呼地走出屋子，留下劳伦一个人孤零零地站在屋里。

哇！屹耳兄今天真是格外暴躁啊。劳伦又一想，是啊，他肯定高兴不起来，毕竟他也不想搬出自己的窝啊。

他在这里已经住了好些年了。如今要他整理着自己的东西，决定留着哪些，丢掉哪些，怎能不伤心呢。他不愿意改变这一切，不愿意搬到女儿家生活。对于一位年过七旬的老人来说，还有什么比拥有自己的独立空间更重要的呢？

椅子的事，格雷格的事，自己也是太小题大做了，想到这里，劳伦心生愧疚。她决定顺着父亲的意，忍着心中的不快，他想怎样就怎样好了。她要尽其所能让他心里好过一些。接下来的一整天，她得有个好脸色，哪怕是下油锅，她也得跟格雷格好好相处。

哦，上帝，这真是下油锅的节奏啊。

4

我抢银行是因为，钱不都在那儿嘛。

——维利·萨顿[①]

“你是否了解法庭对你的指控，福克斯太太？”克莱姆法官竭力压制着满腔怒火。

劳伦真希望这女人能给法官一个爽快的回答。在花了整整一个小时跟这位当事人探讨逮捕和出庭的相关流程之后，劳伦得出一个结论：这老太太可是位插科打诨的高手，头脑活泛，见空就钻，想把自己的罪责推脱得一干二净。她叫多萝西·福克斯，是一位退休的图书馆管理员，住在佛罗里达州的波卡拉顿市。她声

① 美国一个有名的银行抢劫犯，四十年的犯罪生涯中共盗窃约两百万美元，在被记者问到抢劫银行的原因时他给出了这句话。

称自己正在游览美国本土四十八个州的旅途中，这天正好经过斯特林。她在斯特林的游客中心把五十二卷厕所手纸往旅行车后备厢里藏的时候被逮了个正着。就这样，警方以偷窃罪将她逮捕了。

老太太面对法官安静地站着，她个子不高但是很敦实，身上穿一件长袖涤纶衬衫裙，腰上系着腰带，身前一排扣子一直扣到脖子。劳伦每次看她一眼，就觉得热得透不过气，忍不住想给自己扇扇风。她那饱满的胸脯，就像两只熟透了的梨，任何一个小动作，都能引发一阵波涛汹涌。

看到克莱姆法官朝自己皱眉，劳伦只能耸耸肩以示回应。

法官严肃地注视着被告，问道，“福克斯太太，你想做何种申辩？”

老太太扬起下巴，脖子上的皮肤松松地垂着，一吞口水便震颤起来，“我申请法庭的宽恕。”

劳伦瞪了她一眼，“多蒂（多萝西的昵称），我都跟你解释好多次——”

“法官大人，我反对。”检察官哈里·诺斯若普说道，显然，他也像法庭里的其他人一样，越来越不耐烦了。

法官敲了两下法槌，“安静，你们俩！”然后对被告说，“刚才的警方报告，你都听到了不是吗？对于你的指控你还有什么不清楚的吗？”

“我不明白我为什么被捕。人人都知道那些地方的厕纸是免费使用的。”

“游客中心的纸制品是为游客准备的。”

多蒂睁大了眼睛，右手按住在胸口，“我的确是游客啊！”

劳伦感觉法官气得耳朵都要冒烟了。

“福克斯太太，你很清楚那些……用品是供现场使用的。”

多蒂举起双手，手心朝上，哭诉道，“可我那会儿也没打算离开那儿啊。”

多蒂狡黠的回答像一朵小涟漪，在旁听席间荡漾开来，观众们一阵窃笑。法官用力地敲了敲法槌，气得脸红脖子粗。

“她承认自己持有厕纸，”哈里提示道。

法官没理他，几乎用喊的对那位老太太说，“你已经耽误本庭太长时间了，整个进度全部推迟了。你到底要做哪种申辩？”

“嗯，我的律师说，我们只能恳求法庭宽大处理。但是……嗯——”她一只手扶着自己圆滚滚的大屁股，“——我已经老了，身子骨也弱，想求也求不动了。”

说她老倒没错，劳伦心想，可要说她身体弱，哪有人弱得像头牛。这次，观众爆笑起来，克莱姆法官只好又敲了敲法槌，让笑声平息下来。

“我跟你解释三遍了，福克斯太太！”

劳伦觉得，法官的头都快要炸了。再看哈里，两只手正无奈地搓着自己的脸。

“你被指控为偷窃罪，”法官一字一句地说着，仿佛在对一个弱智讲话，“你必须申辩。当然，你不一定非得做有罪申辩。如果你做无罪申辩，那么等到开庭时间确定后，你必须再回到这里接受审讯。”

“可是，您瞧瞧，”多蒂回答道，法官的愤怒语气丝毫没有影响到她，“那样行不通啊，我的探索之旅还没结束呢，我要去每一个——”

“对，对，”克莱姆法官打断她，“你早说过了。所以你是打算做有罪申辩了？”

“可是我没做任何错事啊。谁都知道，没有厕纸的话，可以去公厕里拿。”

克莱姆看上去快要晕倒了。

“尊敬的法官大人，我能说句话吗？”劳伦问道，她是担心，要是任凭法官这一肚子的怒火爆发的话，她自己和当事人一定会落得藐视法庭的罪名，“关于法庭上的规矩，我已经跟福克斯太太解释无数遍了。我们反复研究过做无罪辩护的情形，这样的话，法庭会给她确定一个开庭审判的时间。我跟她说了，她只要交上两百五十块钱左右的保释金，现金，就自由了。她可以开车离开这里，继续参观其他州，心里惦记着这个事儿就行了。我还跟她说过，开庭之前，她可以随时回来更改原来的诉求。”

两百五十块钱，通常法庭对小偷小摸判处的罚金就是这个数。

大凡神经正常的人都清楚，你是不能指望这个矮小又狡猾的老太太再回到斯特林接受审判的。只要放了她，她肯定会火速开车逃离马里兰州，那速度恨不能在全国运动汽车竞赛上拿第一，从此消失得无影踪。

劳伦干这一行已经多少年了，再狡猾的骗子也逃不出她的法眼。从多蒂走进办公室的那一刻，她就知道多蒂是什么人。她答应帮多蒂打官司，但前提是，必须先付钱，而且是现金。于是多蒂从她那两只大梨一般的乳房之间掏出了一沓钞票。

这女人有罪是板上钉钉的。如果她认罪，掏点儿罚金就行了；如果她不认罪，交点儿保释金也就得了；若是她交了保释金之后，拒不回来出庭，那么法庭将理所应当地没收她的保释金。可是，不管认罪还是不认罪，这女人总得做个选择，也好让案子往前推进啊！双方僵持了太长时间了。法庭后边陆陆续续挤进来一帮律师和当事人，都是等着法庭审理他们案子的。

“你是想那样吗，福克斯太太？”法官问道，“想做无罪申辩？”

“那——”她眨了眨眼睛，满脸皱纹堆出一个无辜的表情，“——我能坚持一开始的观点吗，只申请法庭的宽恕？”

整个法庭响起一片痛苦呻吟之声。

***

暮色从劳伦的办公室玻璃窗透进来，墙上的茶色涂料也染上了几分金色。桌子上摊开了一本五英寸厚的书，劳伦聚精会神地看着。她正仔细研究马里兰州的判例法，好为接下来的一场法庭辩论做准备。

啪的一声，桌灯开了，劳伦吃了一惊，坐直了身子。

“你这样眼睛会瞎的。”诺玛·琼提醒道。

“谢谢。”见诺玛已经穿好外套，系上围巾，劳伦问道，“你要走了？”

诺玛点点头。“我把文件都整理好了，现在要回家吃晚饭了。你要是加班的话，就去隔壁屋吃点东西吧。”

“对哟，晚饭。”劳伦把椅子往后撤了撤，椅子上的弹簧吱扭吱扭地响起来。“我爸一个人在家。”她叹了口气，“还得一个小时才能看完，可我想我现在就得回家了。”

劳伦站起身来，伸了伸懒腰，打了个哈欠。

“今天可真不容易。”诺玛摆弄了一下脖子上那条时髦的围巾。

“真让人心烦。”

激烈斗了几个回合以后，克莱姆法官终于从多蒂那里争取来了一个无罪申辩的答复。那个女人交了保释金，走出了法庭。劳伦想，这老太太有生之年都会对整个马里兰州敬而远之，估计马里兰州也不会再招惹她了。追踪这种小偷小摸实在很浪费纳税人的钱，所以大可不必再追踪下去，更何况法庭最终会将多蒂被迫交给法庭书记员的现金作为保释金没罚。

“你爸怎么样了？”诺玛·琼问。

劳伦耸耸肩，“还不错。当然了，这才几天啊！不过有件事是一定的，我以前太不珍惜一个人独居的时光了。嗨，都是些鸡毛蒜皮的小事，就说洗澡吧，我习惯泡在热水浴缸里，再喝上杯红酒，爱洗多久就洗多久，不用管别人。现在不行了，每次都觉得没泡够，不解乏。”

诺玛歪了歪脑袋，同情地看着劳伦，“慢慢肯定会适应的。”

“还有就是晚饭。”劳伦说，“我不做饭都得有……我也说不清有多久了。如今我觉得自己不得不开始买菜做饭了。”她摇摇头，“我可从来都不是那种居家的人。”

墙上的粉金色很快变深了，换成了深紫色。

“这样吧，劳伦，我每天回家路上正好经过你家。”诺玛把她那时髦大手袋的皮带搭上肩膀，“你要是还有工作没做完，我可以在隔壁尼克家买个三明治，给你爸带过去。”

尼克家熟食店是她们俩都很喜欢的一个美食店。

劳伦顿时觉得轻松了许多，心中充满了感激，她回答道，“那简直太好了，诺玛·琼。你确定你不介意吗？”

诺玛的话打消了她的顾虑，“我很开心啊，好几年没见着你爸爸了。”

劳伦打开钱包，抽出一张二十元钞票，递了过去，“太感谢了！”

“小事一桩，”诺玛接过钱，塞到上衣口袋里，转身向门口走去，“晚安！”

“明天见！”

看了约莫一小时的电脑，劳伦把身子往后一仰，靠在椅背上，揉了揉眼睛。她先是梳理了一下自己的小档案库里的几卷文章，然后又上网研究了大量的公开记录。该回家了，这漫长的一天下来，她已经筋疲力尽。不过她没急着归拢文件，而是在电脑键盘上输入了她最爱用的搜索引擎的网址。

她敲打着键盘输入了关键字——旋转木马，然后点了一下“搜索”。

一大堆搜索结果跳了出来。游乐园、马戏博物馆、小丑博客、海量图片，甚至还有几个 YouTube 视频链接。可没有一个是她想真正想要的，于是她又试了一下。

出售旋转木马。她输入新的关键字，按了回车键，等待搜索结果。

这次，她发现了几个专门卖二手游乐园设施的网站，像极了巨大的二手车交易市场，这让她又惊又喜。可谁会买这些东西呢？

劳伦浏览着网页，找到了答案：商场，家庭娱乐中心，巡回嘉年华。

可这些地方肯定想把旋转木马搬到他们那里去。劳伦是希望买家能过来，因为她那儿不仅有座旋转木马要卖，还有块一亩多的地呢。

她休息了一下，两只拳头抵在桌沿儿上。她连自己那座旋转木马能不能正常运转都没弄清楚呢。网上出售的这些木马都是干干净净的，铜杆擦得亮晶晶的，油漆涂得明晃晃的。给蚊腿儿路上那块地找个买主原本就不容易，谁会乐意再买上一座脏兮兮、破烂烂的旋转木马呢！

她脑海里闪过那些精美别致的马儿昂首奔腾的样子。哪个小姑娘不想带个漂亮的木马回家，把它放在自己的床头呢？

当然了，这需要把旋转木马拆了，然后再把那些黯淡无光的马儿打扮得精神百倍。这真是个体力活，得重刷一遍漆才行呢！

她的指尖在键盘上跳跃，又在搜索框里输入“旋转木马分拆单售”。

搞定！

有个市场专门卖她的马儿。其他的动物也卖。网上的标价把她直接看呆了。广告上说它们最高能卖上一万元甚至更多。她身子往前倾了倾，凑近了看。这还是每只马儿的单价。

她的心怦怦直跳，像一个拳头在敲打着周围的肋骨。那座木马上得有二十到三十只动物，或者更多也说不定，她还没来得及数呢。她又要有钱了，除了弥补损失以外，还能剩下一些，她飞快地心算了一下，不是一些，是好多！她能稳赚二十多万。这还不算那块地的价钱。我慈悲的上帝啊！

她用脚把椅子滑到地板中央，坐在椅子上一圈一圈地旋转起来，一边转一边咧着嘴大笑，简直像只刚刚发现宝藏的猴子。

突然，她冷静下来。没拿到地契之前，她什么也做不了。周六给父亲搬家的时候，格雷格承诺周三之前，也就是明天交付地契。那么明天，她就要变成富婆了。哈哈哈，办公室里回荡着她的笑声。好吧，或许算不上富有，但是总比现在有钱。

一阵莫名其妙的忧伤在她心上戳了一下。该不该告诉格雷格呢？法官剥夺他的财产时，他知道自己损失了什么吗？她觉得未必。

她要不要把钱分给格雷格一些呢？

两只手掌在大腿上来回地搓着。

从法律上来讲，她完全有权利保留自己出售合法财产所得的每一分钱；可是从道义上来讲呢？

反正那男人没有一点儿理财头脑。他都花了她那么多钱了，更别说让她没日没夜地焦虑和烦恼了。

就冲她受的罪，这些钱也是她应得的，不是吗？

没错，理所应当。

劳伦滑着椅子回到了桌子前，关了电脑，然后站起身来，把文件塞进公文包。她忧心忡忡，一种做错事的负疚感挥之不去。

这是她应得的，她听到心中的那个自己在小声重复着这句话。

她没必要忧心啊。格雷格过得艰难，完全是咎由自取，就应该自食其果。她已经尽了法律上的所有义务。好了，她不愿再想这件事了。她想要做的，就是赶紧回到家，泡在热气腾腾的浴缸里，喝上一杯红酒。

“这是我应得的！”她坚定地说道，随手关了办公室的灯。

可是，为什么她觉得自己跟那个在旅行车里塞满了厕纸的多蒂·福克斯没什么两样呢？

5

呃，没错，“离婚”……在拉丁语中，这个词的意思是：把男人的命根儿从他的钱包里揪出来。

——罗宾·威廉姆斯[①]

“爸，我上班去了。”劳伦一边走向厨房，一边喊道，“今天开心点啊！”明媚的阳光洒了进来，把屋里照得亮堂堂的。她看到父亲，突然停了下来。

“又要喝咖啡？”她问道，“你觉得你能喝那么多咖啡吗？喝多了对你身体不好。”

“只要下午不喝就没事。我要再来一杯。”父亲眼也没抬地

① 美国著名喜剧电影导演、演员。

往咖啡壶里倒满了水。

“再喝一杯？”

“别把我当小孩儿，劳伦。”他把玻璃咖啡壶坐到灶台上，打着了火，然后转过身来。

“行，行。”劳伦打住了，她不想跟他起冲突。可是她心里明白得很，下午老爷子又该给她打电话了，准会抱怨耳鸣得厉害。

父亲搬进来快一周了。这一周时间里，劳伦可谓使出浑身解数，尽可能地跟他好好相处。

“祝你今天开心哟！”劳伦走上前，轻轻吻了一下他的脸颊。

“你也是。”他看了看灶台上面的时钟，“你是不是该快点了？要迟到了。”说完从柜子上拿了份报纸，朝餐桌的向阳面走过去。

劳伦冲父亲挥了挥手，出了餐厅，往大门走去。走到门厅的桌子旁，她停下脚步，从桌子上拿起信件，那些信大概几天前就堆在那里了。她把信塞进公文包的侧兜里，走出屋子，锁了门。

她扭头四下看了看，然后把车倒出车道，满脑子都是接下来这一整天满当当的日程。早上要来两位新客户，下午要花一大半的时间出庭，接着她还要帮一位客户写律师函——有时候，一封措辞精妙的“战书”就能不战而屈人之兵，连打官司都免了，自己的当事人既省钱又省时间。等到劳伦确认自己看到的那个人就是格雷格的时候，他的车已经开过去了。她猜想，格雷格正往她家里开呢。她看了看后视镜，看着他的车子开上了车道。

怪不得父亲煮了一壶咖啡呢！可是，她觉得奇怪，要是父亲想让格雷格来家做客的话，为什么不直接说出来？干吗还偷偷摸摸地？

她倒也没打算说离婚以后不让父亲跟格雷格来往。难道是父亲自己觉得，要是格雷格来家里看他的话，她心里会不舒服？或者是，如今他们同住一个屋檐下，父亲也在尽力保持和谐？

再有几分钟就开到公司了，她打开收音机，里边正播放着国内新闻。

她打开办公室的门锁，门咣当一下开了。已入深秋，寒意渐浓，她走到大大的落地窗前，收起百叶窗，打开恒温器。通常情况下，她都比诺玛·琼来得早，因为她喜欢给自己留出些准备时间，不想一来了就忙着接电话、见客户。

她把电水壶烧上，往马克杯里搁了一个茶包，然后走进自己的办公室，在桌前坐下，开始整理刚才塞到公文包里的信件。账单和信件放在一起，促销手册放在一起，至于垃圾信件，直接扔进垃圾桶里。

有个大号的白色信封夹在两本厚厚的广告杂志之间。看到上面的寄信人地址时，劳伦不由得心跳加速起来。她迫不及待地撕开信封，像孩子得到了盼望已久的裹着华丽包装的生日礼物一样。

她用手往信封里探探，摸到一份文件，慢慢将它抽了出来，然后带着几分敬畏的心情，把它放到桌子上，身子往后靠了靠。此时此刻，法院的判决书就放在眼前的桌子上，她目不转睛地看着。

正式判决来了，她离婚了，自由了，恢复单身了。

可一种难以名状的感觉涌上心头。

在此之前，她一直在盼望，盼望这一纸文书到来的那一刻，反反复复想了很多遍。事实上，正是这种念想，支撑她走过那最为艰难的一年。她想过要冲进酒馆里，潇洒地买上一大瓶昂贵的香槟酒。她想过要痛痛快快地狂欢一番，喝酒，跳舞，逛遍斯特林每一家热闹的酒吧，向镇上的每个人炫耀她的“自由证书”！

而此刻，她只是呆呆地坐着，目不转睛地看着它。

这是怎么了？她原以为跟格雷格一刀两断之后，会如释重负。她原以为自己会觉得轻松，会感到高兴，会……

可她一点儿感觉都没有。

不，也不是毫无感觉。在她的心头，有种情绪在翻腾着，涌动着。可那到底是什么呢？

壶里的水开了，她闻声站了起来，轻轻走进办公室小而精巧的厨房里，往马克杯里添水，水顺着茶包，汩汩地流进杯子里。她静静地看着，看着水慢慢从透明变成了金褐色。

此刻，应该是吉特巴舞蹈时刻！她真该打起响指，扭起腰肢，围着桌子欢快地跳起来，一圈又一圈。可惜她不会跳。小时候，父母想教她跳的时候，她偏不想学，只喜欢坐在楼梯的台阶上，趴在围栏上看他们跳，只见他们一会儿扭动身躯，一会儿左摇右摆，在客厅的地板上翩翩起舞。

劳伦一边沉思着，一边把蜂蜜倒进茶杯里，不停搅拌。

离婚两个字，不过是听起来轻松罢了。个中艰辛，只有经历的人才会懂得。

她跟格雷格也曾拥有过很多幸福的瞬间。可是婚姻的最后一年里，他们的分歧越来越大，越来越明显，她无法再忽略和无视下去了。

她端着马克杯回到办公室，在桌前坐下。

跟他离婚是对的。至少对她来说，是这样的。

对于离婚，格雷格一百个不情愿，为了修补两人之间的关系，他还想出了一大堆的主意：什么浪漫假期啦（店都快倒闭了，怎么可能飞到巴哈马去度假呢？），什么银行账户独立分开啦（太晚了！），情感咨询啦（想用专家意见来说服自己同意他的看法，对不起，不可能！）。

最后几个月，她就像掉进了财务的漩涡里，不仅银行账户要被洗劫一空，连她整个人也要被榨干最后一滴血了。而这几乎就是现实的写照。不仅如此，她的心也彻底伤透了，掏空了，空得就像她的银行账户。

每次回想发生过的这一切，她都会气得说不出话来，心中的怒火会压倒其他任何一种情绪，包括此时此刻她看到离婚判决书时心中萌生的那种莫名的沉重感。她咣的一声放下马克杯，本没想用那么大力。茶水应声溅了出来，溅到了一张本地比萨连锁店的广告明信片上，在它的下面，有一个白色商务信封从那堆未整理的邮件底下探出头来。

劳伦把明信片扔进丝网垃圾桶里，一手去拿白色信封，一手从桌上的纸巾盒里抽了一张面巾纸，擦干桌上的一片水渍。擦着擦着，她忽然看到格雷格的名字，整齐地印在信封的左上角。

她用大拇指指甲一点一点地划开信封，蚊腿儿路那块地的契据就在里面。劳伦把它放到离婚判决书旁边。

这时，办公室大门开了，劳伦深吸一口气。

“早上好，”她招呼诺玛·琼，“你来得正好。我正想跟你讲讲我桌上的黑白善恶大决战呢。”

她咯咯笑了起来，被自己刚才的幽默感逗乐了，起身朝通向前台的门口走过来……就在门口，她差点撞上一位男子，那男子金发碧眼，生的一副英俊面孔。

他急忙伸手抓住她的肩膀，免得两人迎头相撞。“对不起。”他轻声说道。

“还以为是诺玛·琼！”这突然的一走一停，劳伦早上匆匆挽起的发髻给晃散了，一绺头发滑落下来，“我的接待员。”她边澄清，边用手把滑到脸上的头发别到耳朵后面去。

劳伦看了看手表。

“哦，哦，”那男人连忙说道，“我来早了。我打电话来，但是没人接。我留过言了。”

劳伦下意识地打量了一下眼前的这个男人，不远处，诺玛桌上那台电话答录机上的红色指示灯正在一闪一闪地亮着。

“我没给你添麻烦吧？”男人说。

劳伦后退了一步，笑着说，“当然没有。”

这男人有一双魅力四射的蓝眼睛，甚是惹眼。他个头很高，至少六英尺。一身黑色商务西装剪裁得十分合体。眼睛里的一汪碧蓝，清澈动人。他体型健壮，但不像那种笨重肌肉男，而是修长矫健的运动员模样。不会是位长跑运动员吧？再看那双眼睛……足以让女人春心荡漾。

她不假思索地伸出手，“劳伦·弗林。”

男人笑着握了握手，目光炯炯有神。

“斯科特·肖。我是特儿的爸爸。”

劳伦点点头，“啊，对，斯科特。他打电话来，希望我做他的代理人。”

看到他下意识地把手伸进上衣的内口袋，劳伦说道，“进屋吧！”她退到办公桌后面，站着没坐，“您喝点什么？咖啡？茶？”

“不了，谢谢。我早上还约了人。”

他递过来一张支票，整洁的字迹让劳伦不禁侧目。

“特儿本来要自己拿过来的，但是他上午有课。”他说，语气像他的下巴一样坚实有力，“他得专心学业了，不能老是这里那里地聚会。接下来，他会规规矩矩的，不去惹事，这一点，我敢向所有关心他的人保证，警察、法官、教务长，还有你。”

哇喔。听上去，可怜的小斯科特何止是给他父亲惹麻烦了，简直是负了天下人。

“不必担心我，”劳伦向他保证，把支票放在桌上，“我站在他那边。”

“我们很感谢你，非常感谢。”他把支票簿放回口袋里。“能告诉我接下来会怎样吗？我是说，特儿什么时候出庭？”

“哦，我能保证，法官一定会狠狠地训斥你儿子。”她两臂在胸前交叉，“罚金肯定是要有的。而且，遇到有的法官，他还有可能被判缓刑。但是，我会尽可能地减轻对他的惩罚。”

男人点点头，一脸严肃地看着劳伦的脸。劳伦觉得，他把所有的希望都寄托在自己身上了。

“法庭并不打算因此毁掉斯科特。”她松开交叉的双臂，把手自然地垂在体侧。

“是啊，”他叹了口气，“他们只是想证明犯了错是要付出代价的。”

“没错。”劳伦伸出手，拿起支票，“这个预付款还需要你签一下字。”

“所有的正式文件，我希望能由我儿子来签，希望你不要介意。这次恶作剧必须全部由他来买单。那个——”他指指支票，“只是借给他的。”

当小斯科特告诉她，自己没有工作，每周他爸会给他零花钱的时候，劳伦就觉得他是个被惯坏的孩子，而他的父亲，则是一个毫无原则溺爱孩子的父亲。

“只要他好好的，不乱来，我不介意帮他一把，扶上马，再送一程。可如今……”他抬起一只肩膀，“马上他就能工作赚钱了，我帮他交预付金，是因为我想让他找个好的代理人，至于这借给他的每一分钱，他都得还给我。不光如此，接下来打官司需要的所有花销他都得自己负责。”

哇！男人很快就证明了他绝非一个溺爱孩子的父亲。

“不过，别担心，”他说，蓝色的眼睛熠熠发光，“万一他找不着工作，或者开庭前他打包逃走了，我也不会让你为难的。”

劳伦笑了起来。

他变换了一下双脚的重心，目光落在她的桌子上。劳伦觉得他在盯着那张支票，不知他是不是在考虑，是该把钱借给儿子呢，还是直接给他算了。

他轻声问道，“所以，是不是该庆祝一下呢？”

“对不起，你说什么？”

老斯科特呵呵笑了起来，手指着桌子上的离婚判决说，“我看了一眼就知道这是离婚判决书啦。如果这是客户的，法院应该不会把它们送到这里。”

劳伦的目光不自觉地落到判决书上，嘴角翘起，“可不是吗，还得判我有罪呢！”

他也笑了起来，忽闪着那双迷人的眼睛，“所以要祝贺嘛！”

劳伦微笑地看着眼前这个男人，一时不知道怎么回答才好。

“看得出来，你可是个持家的好手，就像我前妻。”

她的笑容突然僵住了，赶忙顺着他的视线看过去。原来是地契，她拿起它，咯咯笑起来，显然被他逗乐了。“噢！这可不是房子的。”她感觉自己辩解的时候一阵脸热，“房子的确归我，恐怕只有这样才公平，因为它是我的婚前财产。”

他的眉毛竖起来，几乎变成了八字的两撇，“你还是个不偏不倚的女士呢？哎呀！我要这么幸运就好了。我们家的房子，SUV[①]，一半的存款，还有，此处应该有掌声，还有我一半的退休金，全都归我前妻了。”

“哇！”劳伦吃惊地张大了嘴巴。

他叹了口气。“是啊，她不到一年就把房子卖了，搬去了亚特兰大，用她的话说，那是个充满机遇充满希望的城市。如今，

---

① Sport Utility Vehicle，运动型多用途汽车，主要是指那些设计前卫、造型新颖的四轮驱动越野车。

她又结了婚，现任丈夫有个孩子，俩人结婚后又生了孩子，一家人在一起生活。电话都很少打给我们的儿子。”

劳伦已经习惯倾听人们的不幸遭遇了。不知为何，人们总把律师当成心理医生或者心理咨询师，好像律师拿了你的钱，就得做你的听众，当你的依靠。

“我承认，那女人可真不是省油的灯。特儿每年夏天都会飞过去，跟她住上一周。”斯科特·肖撇撇嘴，接着说，“不管他愿不愿意。”

劳伦觉得自己在点头。

他看着劳伦，头略微往旁边一偏，“看上去，你似乎弄明白了什么啊。”

她笑了，笑得让人难以捉摸，“就是，想明白了你儿子之前在这里说过的一句话。”

“只有我爸。”当她问起他父母时，那个年轻人就是这么回答她的。“通常情况下。”现在她明白了。还没等老斯科特继续追问，她问道，“你确定不喝点什么？”

“不用，真不用。我得走了。”他边说边退到门外。劳伦跟了出来，来到接待区。

诺玛·琼打开前门，冲里面喊着，“你们好！”

斯科特·肖冲诺玛笑了笑，头轻轻一点，打了个招呼，又转过身来跟劳伦说，“等特儿过来跟你谈事的时候，我能不能一起过来？”

“没问题。只要你儿子愿意，我无所谓。”

他身子突然僵住了。“嗯，啊，说不定哪天我能请你吃个午饭。你知道——”他坏笑起来，“咱得庆祝一下。”

邀请来得太突然了，劳伦顿时大脑一片空白，不知所措。只感觉嘴巴张得老大，接着就看见自己的手也鬼使神差地伸了出来。

“也许吧。”这三个字哪里是说出来，简直就是从喉咙里挤出来的。

他冲劳伦眨了眨眼，“我希望你能考虑一下我的邀请。会很有趣的。”边说边退着往大门走去，“那么，我们很快会再见的！”

斯科特跟诺玛·琼点头致意，然后轻快地走出了大门。

“谁呀这是？”

劳伦这才回过神来，看着诺玛，觉得自己总算能稍微平静下来，像样地喘口气了。

“肖先生，”她回答，“斯科特·肖的父亲。”

“他约的是 9 点半。”

劳伦点点头，“他说打电话了，但是没打通。”

“他带预付款了吗？我们又有生意了？”她边说边走到办公室前面的大落地窗前，“太好了！我来建档。”

很显然，诺玛此刻的心思并不在工作上，她正忙着观察那个正过马路的男人呢。

“你去吗？我是说，去吃午饭吗？我觉你应该去，劳伦。”诺玛轻轻吹了一个挑逗的小口哨，“嗯，真的，我觉得你应该去。”

“你带的什么？”劳伦问道，希望能借此岔开话题。

诺玛·琼瞥了一眼她桌上的盖碗，“哦，我做了个炖菜，今晚给卢当晚餐。”

“啊，谢谢你，你真是太好了。”

“其实，我想我可以跟你一起回家。我们可以一起吃。有好多呢。”她忙着解开扣子，把外套脱掉，眼睛还盯着窗外。“那天晚上，我跟卢聊得很开心。”

“当然。”劳伦说，“在我家吃晚饭，这主意不错！我午饭时买瓶红酒。我现在把炖菜给你搁冰箱里啊。”

劳伦伸手拿起炖菜刚要走，诺玛·琼走过来，一手按在盖碗的把手上，眼睛直盯着劳伦。

“那么……你是要去咯？”

“基本上不会去，”劳伦说，“我还不了解那人呢。”

诺玛松开手，走到大门处，“你应该去，这可是个老鲜肉。”

劳伦摇摇头，“你能别站在那里吗？他会发现你盯着他看的。”

她真希望等自己到了六十岁时也能像诺玛这样有兴致。

“看看怕啥。”她的鼻子几乎要贴到玻璃上了，“你看见他那双眼睛了吗？”

劳伦转过身，朝休息室的冰箱走去，问道，“他有眼睛吗？”

这么富有娱乐精神的一个问句，愣是没有人应答，劳伦倒一点都不吃惊，因为诺玛正忙着研究那枚老鲜肉呢。

6

对不起，我听不清楚；我没在仓库后边，我在前头，挨着马路这头呢。

——莉齐·鲍顿[①]

一连三天，劳伦都是匆匆离开家。与其说是离开，不如说是被父亲撵出来的。这位老爷子似乎巴不得她每天一起床就赶紧出门，好让自己清静地看看报纸，上上网。

她刚出小区，就看见格雷格了，他又跟上次一样开着车进了小区。他笑了一下，伸手打了个招呼，还没等劳伦反应过来，就

① 世界十大奇案之一的主人公，莉齐·鲍顿，是一个三十二岁的老姑娘，她被指控用刀杀死了自己的父亲和继母。虽然她始终没有承认，陪审团也得出了她无罪的结论，但仍引发了无数人的猜想。

匆匆开过去了。

劳伦开着车，越开越觉得不对劲，眉头越皱越深。这是本周第三次看见格雷格去自己家吧？不然是第四次？劳伦歪歪脑袋，难不成是第五次？

父亲想见谁就见谁，她自然是管不着的。劳伦试着转移自己的注意力，好好计划计划眼下这一天，有哪些电话要打，有哪些人要见。可她根本静不下心来，想着想着就走神了。

父亲和格雷格走得很近，这个她知道，可是走得再近，有必要一周见五次面吗？完全没道理呀！

男人一般不喜欢参加茶话会。他们不像女人那样，一边吃着脆炸煎饼，喝着榛果咖啡，一边聊八卦来打发时间。

难不成他们也这样？

“N～O～”她小声嘀咕着，她这个拖长音的“不”字，显然把自己逗乐了，竟摇头晃脑地笑了起来。

男人不爱聊天，即便聊也是些无聊的事。他们喜欢打开电视看球赛，讨论球员进了几个球，得了多少分。他们会走进家居建材商店，搜罗他们想要的各种工具。他们敢在大庭广众之下不顾形象地挠痒痒，甚至碰隐私部位。诸如此类，他们当然胜任不了高端大气上档次的社交谈话了。

劳伦咧嘴笑着，把车拐进了南大道，这便进了城。她知道自己有失公平，他们毕竟占全人类的百分之五十一点四的人种，自己不该这样想他们。

还是有点不对劲。居然要一周见五次面！她两道眉毛又纠结起来，眉间鼓起一座小山丘，头上也跟戴了金箍圈似的，感觉下一秒就要头疼欲裂了。

劳伦绕着街区兜了一圈，调头停了下来。然后啪地打开手机，致电诺玛·琼，告诉她自己要晚些过去。说完把手机往副驾驶座上一丢，打道回府。

果然不出所料，格雷格的皮卡就停在车道上，车斗里装满了石膏板和石膏线。劳伦在皮卡后面停了车。

“爸？”她一边走进门厅一边喊，“格雷格？”她一一查看外屋的房间，人影也没看见，屋里静悄悄的，只有她的鞋跟敲打实木地板的笃笃声。厨房里也空无一人。她朝窗外望去，后院草坪上的落叶东一片，西一片，没有人打扫过的样子。

貌似什么地方有流水声，她循着声音爬上楼梯，来到了主卫。主卫的门开了个小缝，淋浴的水正哗哗地流。

真是奇怪，父亲怎么会在客人来的时候洗澡呢？好吧，不管怎么说，客人呢？格雷格在哪呢？正当她一头雾水之时，淋浴关上了。

“爸？”她冲里面喊，等了半天没人回应，她开始敲门。

突然间，她意识到，卫生间里洗澡的人未必是父亲，于是赶紧往后退了一小步。这时，门开了。

氤氲的雾气一下从里边溢了出来，弥散到走廊里。格雷格一身湿漉漉地出现在门口，下半身裹了一条浴巾，“卢不在这儿。”

“你这是在干吗呢？”劳伦显然是被惊到了。

格雷格张着嘴巴，哑口无言。豆大的水滴悬在下巴底下，垂垂欲滴；黑色的睫毛一簇簇粘在一起，脖子、肩膀和前胸正涓涓地淌着水。

“正准备刮胡子？”他一脸窘迫，像个给人捉赃在手的贼，还是两手满满的贼赃。

“这不是玩危险边缘问答游戏，格雷格，不必用提问的方式回答我的问题。”

说着，一阵温暖清新的气息从格雷格身上飘来，劳伦只觉得心怦怦直跳，耳朵里是血液汩汩的奔流声。她大口吸着气，强忍着闭上眼睛的冲动。一瞬间，她觉得自己仿佛置身于一池阳光之中，洋洋暖意包裹着她，渗入她的每一寸肌肤。

她眨了眨眼睛，咽了下口水，同时又往后退了一步，让自己从幻想中挣脱出来。“穿上衣服下楼。我们得谈谈。”说着便往楼下走。

“可是，等等。等会儿，我不能。”

他什么意思？劳伦好奇地停下脚步，却正好遇上一步一步往楼上爬的老卢。

“您去哪儿了？为什么他在你的浴室里？”她用拇指指了指

前夫。

她看看格雷格，又看看父亲，期待有人能给个解释。

“你非要刨根问底的话，”老卢气势汹汹地说，“我刚才在地下室里洗衣服呢，一大堆的衣服！”

“可是我昨天刚给您洗衣服了呀，爸。要是洗的衣服不多，您得把洗衣机的水位调低，您调了吧？”她转过来看着格雷格，她一手攥拳抵在腰上，“你怎么还站那啊？把裤子穿上，下来。”

格雷格乌黑的眼睛滴溜溜地转，看看她，再看看老卢，又看看她，再看看老卢，然后一脸落寞地喃喃道，“裤子不在这，劳伦。”

卫生间里的水汽已经散了。格雷格站在门口，一只脚踩在浴室的瓷砖上，一只脚在踩在走廊的实木地板上。胸前和小腹上并不茂密的黑色卷毛还湿乎乎地贴在身上，平坦的肚子下面，是一条浴巾，松松垮垮地围在屁股上，两只脚的周围一边一个小水洼。

劳伦一动也不动地站着，感觉有股热气在全身上下窜来窜去。过了一会儿，她把脸转向父亲，问道，“你洗的是他的衣服。”完全是一副板上钉钉的陈述句语气。

她觉得很诡异。一方面，格雷格半裸的样子唤起了她内心深处最隐秘的需求，而另一方面，当她终于搞明白这里的状况时，她又觉得非常气愤，两种矛盾的情绪纠缠在一起。她觉得热，欲火烧身的那种热。想要压制这任性的欲望，最好的方法就是对它置之不理，把注意力转到其他的事情上。于是，她只能紧抓住愤怒，把它当作挡箭牌。

她的前夫，在她的浴室里洗澡，用着她的浴巾和她花钱买的热水；而她自己的父亲，用她的洗衣机，给她的前夫洗衣服。

盯着格雷格看太危险了，容易让自己犯错误，于是她把脸转向父亲。

“您连自己的衣服都不能洗，”她问道，“为什么偏偏给他洗？”

“谢谢！我自己的衣服，我可以自己洗，”老卢回答，“只是你不给我自己洗的机会。你别进我的房间，别碰我的脏衣篓，我该洗衣服的时候自己能洗。”

“那咱可说定了。”她转身朝格雷格的方向走过去，目光却一直盯着地板。她使劲推开卧室的门，只听见门砰的一声砸在门吸上。她从椅子扶手上抓起自己的睡袍，转身走了出来。

“穿上这个。”她把睡袍扔到格雷格伸出的手臂上，目光始终低垂着，看着墙和地板之间的踢脚板。“厨房里见。”

这时，老卢已经从楼梯上走到了大厅里。劳伦从他身旁走过，“您也来，爸。”

劳伦下楼梯时，听到浴室的门啪的一声关上了。她扶着护栏，闭上眼睛，深呼吸，好平复自己内心的躁动。气愤，怨恨，恼怒，这些才是她该有的情绪。至于另一种情绪，她的结论是，只要她愿意忽略，便不存在。那就忽略它，她可以做到。

劳伦来到厨房，把钥匙丢到柜子上，从木碗里随手抓起一个橘子。倒不是因为饿，而是因为她手里必须拿点什么，这样才不会得空把某个人掐死。橘子在她两只手上颠来倒去。

“是我不对，劳伦，”老卢一来到厨房便开始解释，“我没告诉他你知道他要过来。我没说你不介意，不过，嗯——”他头顶的一撮头发随着他头部的动作左摇右晃，最后倒伏下来，“——可能是我让他有了那种错觉。”

“爸，您都想什么呢？”还没等他回答，劳伦又说，“我怎么可能不介意呢？格雷格跟我已经离婚了。他不住这里了。我跟他各过各的，井水不犯河水。我们分开已经一年多了。”

老卢褐色的眼睛变得暗淡起来，“我知道，劳伦。只是这家伙最近有点倒霉。我就是想帮帮他。只想做点好事。那点儿事你不都知道了吗，是吧？”

“让我喘口气。”她开始用指甲剥橘子皮。

格雷格穿着劳伦的褐色缎面睡袍下来了，那样子看上去傻到家了：睡袍短得连膝盖都没遮住，一半大腿露在外面，腰带打了个结系在几乎是前胸的位置，离腰还有一大截呢。

往事似洪水一般，在劳伦的脑海里肆虐开来。两年前的那个生日，格雷格也是穿着这件睡袍，伺候她在床上吃早饭。法式黄油吐司配枫糖，草莓切片撒上糖粉，还有咖啡和果汁，盘子的中央，放了一枝长长的玫瑰花。她本来一直都很怕过生日，因为一过生日就得老一岁。但是那一天，她一边享用早餐，一边看着格雷格穿着那件小得夸张的睡袍，在屋子里左摇右摆，做各种滑稽的动作哄她开心，她被逗得开怀大笑。

可眼下，劳伦满肚子的怒火没处撒，别说开怀大笑了，即便给个笑脸都难。她又生气又沮丧，沮丧反过来让她越发地生气。格雷格以为她什么都知道，他会觉得，既然你什么都清楚，现在发的哪门子的火呢？可是，她根本不知道这到底是怎么一回事啊？

她把剥了一半皮的橘子放到一边，走到水池边上洗了洗手。然后拿起一条茶巾，慢条斯理地擦起了手，“格雷格，你为什么要在我的浴室里洗澡？在我的洗衣房里洗衣服？”

她本想把第二个问句改成：让别人给你洗衣服，后来想想算了。

这时，老卢刚才的话浮现在她脑海里。

这家伙最近有点倒霉。

她对格雷格抱怨道，“好！告诉我，说你公寓里的水管坏了，水管工正在修理，自来水公司正在你家冲洗管道，所以你今天没法在你家洗澡。”

格雷格站在那里，看着她。

劳伦叹了口气，“你被赶出来了，是吧？你什么时候才知道账单得按时付清？你不交房租，就得滚蛋。”说完，她又摇了摇头，这次是用力地摇，“得，你不能待在这里。”

格雷格依然凝视着劳伦，一言不发，恨不得找个老鼠洞钻进去，钻老鼠洞也比穿着睡袍站在这里强。

“你别总把人家往坏处想，”老卢嘟囔着，“他没忘付账单，他家水没断，他也没被赶出来。”

老卢走过去拿起咖啡壶，把自己的马克杯倒满，“来杯咖啡吗？格雷格，新鲜的咖啡。”

“谢了，卢。”格雷格看看劳伦，“我该收拾东西走人了。”

劳伦盯着他看了一会儿，然后把双肩放平。她不是告诉过自己，不能再让这家伙继续影响她的人生了吗？

“你也一起坐下，喝杯咖啡吧，”她对格雷格说，说着拿起橘子，接着剥皮。“你这么着出去太有碍观瞻了。”

格雷格愣了一下，赶忙点头答应，两只手理了理潮湿的头发，然后拉出一把椅子，挨着餐桌坐下。

老卢从碗柜里拿出一只干净杯子，倒上咖啡，放到格雷格面前的桌上。

“谢了，卢。”

“客气。”老卢给自己又添了一杯，坐了下来。

俩男人就那么一边坐着，一边品着咖啡，看上去心满意足的样子，跟约好了似的谁也不吭声。

“好，有没有人可以解释一下今天的事？”劳伦生气地嚷着，

“要是你付清了账单，要是你家没有断水，那为什么——”

“我夏天就把公寓退了。”

“什么意思？”橘子香气弥漫在空气里，“你把公寓退了？”

他点点头，把马克杯举到嘴边。

“你为什么这么做呢？”这时，一大块橘子皮啪嗒一声掉在地上，“你住在仓库里？”

格雷格打量着咖啡杯，不敢抬头看她。

“你不能住在那儿，那地方太脏了。”她把橘子又放回柜子上，“那是个仓库，格雷格。不是给人住的地方。”

这一小段独白听起来就像她在关心自己的居住环境是否舒适一样。

“况且，”她马上补充道，“那是我的仓库。”

“哼，狗屁，”老卢小声咕哝着，“又来了。”

“怎么？”她瞪了父亲一眼，“那就是我的仓库。”

“没人质疑这一点，劳伦。”格雷格安慰她说。

可她想要的并不是安慰，“你又一次欺骗了我。那天我在仓库里碰到你，你压根儿就没说你住在那儿，你没说。”

他微微抬起头，“我说了我工作到很晚，我的确工作到很晚。我说了我在那睡着了，我的确在那里睡着了。我说的可全都是事实。”

“你只说了一半实话，”她更正道，“半真半假！有实有虚！

避重就轻！这就是你给我的一切，格雷格。”老卢听了这话颇为不满，那表情简直是在跟劳伦比谁更生气。“您看什么看？您也没好到哪儿去。请人来我家说都不说一声——”

“他在我的地方洗澡。如今，这里也是我的地方，对吗？”

劳伦忙吸了口气，“自从您搬进来，他就在用我的热水？”

“你上你的班，他一点儿都碍不着你！”

“行了，行了，不说了，”格雷格张嘴说话了，“我已经觉得够糟糕了，不想再让你们俩因为我起冲突。”

劳伦赶紧闭上嘴，收了声。虽然她不愿意承认，但格雷格说得没错。她不该跟父亲起冲突。跟他争准没好事，从来都是。他是那种特有主意的人，想做什么就做什么，想帮谁就帮谁，想请谁回家就请谁回家，就算他给一小区的人免费洗衣服，她也管不了。

劳伦走到餐桌前，拉出椅子坐下，“生意就那么糟糕吗？格雷格？”话一出口，她在心里默默埋怨自己。她想忍着，忍着别把下一句话说出口，忍着不被自己的好奇心出卖，可最终，她还是把那句话说了出来，“你需要钱吗？”

她努力让这句话听起来温暖带感，结果只是干巴巴的。事实上，说出这句话跟杀了她差不多。还有什么事比把自己辛辛苦苦挣的钱白白给了格雷格更让她伤心难过的！可是装作漠不关心，只字不提，她又觉得良心上过不去。为什么她就得普度众生？就得扶弱救贫？

前夫把手放在她的手上，“我挺好的，劳伦。不用为我担心。”

她赶紧把手抽回来，仿佛他的手能把人烫伤似的。“我有什么好担心的。”说完起了身，站回刚才柜子旁边的位置。

老卢咂了一下舌头，表示怀疑。劳伦装作没听见，半侧着身子靠在柜子沿儿上，胳膊交叉起来抱在胸前。

“听我说，劳伦，”格雷格说道，“我正在找地方住，行吗？要是你能让我在那待上一——”

“不行，格雷格。”

“劳——伦。”老卢用他拉长的语调表达了自己的厌恶和不满，“这家伙又没让你到天上摘月亮！”

“那是个仓库，不能住人，爸。”劳伦提醒他。

格雷格笑了笑，“其实，它也没那么差。我在里屋堆了些石膏板，我还有一个小暖炉。外边还有口井，我拿个手泵就能往屋里汲水。”

真够原始的，劳伦觉得后背直冒凉气。“可那没有，那个……卫生间。”

老卢哈哈笑起来，想必已经听出来她不再坚决反对格雷格住在仓库里了，“没听说过吗，劳伦？男子汉都在野外撒尿。”

劳伦闭上眼，懒得理他。

我挺好的，格雷格这话是在暗示他足以维持生计了。可谁又知道他这葫芦里卖的什么药，有几分是真话，几分是假话呢？他前不久才撒过谎啊！唉，男人啊，男人，永远都是这样。总之，他之所以愿意住在潮湿低洼的蚊腿儿路上，待在那个满是灰尘，千疮百孔的破屋子里，除了没钱，她想不出别的理由。

一想到格雷格没收入，她又动起了另一番脑筋。

仓库里那个神秘的宝贝能值上不少钱，可它现在这个样子绝对卖不上价钱。格雷格是个十足的好木匠，貌似没什么是他造不出来的。老卢以前就说过，格雷格有双巧手。结婚以后，格雷格在这个房子里做的每一个木匠活儿，都对得起巧手的称号。他还擅长修理东西，小到墙上的窟窿，大到卫生间漏水，甚至是电线短路，什么东西都能修。一个货真价实、心灵手巧的万事通！

他是让旋转木马重放光彩的不二人选。

她看着前夫，“你想找个活儿干吗？”

他乌黑的眼睛不易察觉地眨了眨，然后立马摇头，“我还有一大堆活儿要干。”

劳伦有些拿不准，不知道他是实话实说，还是男人的自尊在作祟。

“好吧，”她说，“我这么说吧。有份工作，你愿意干吗？”

“不知道，谁知道你说的是什么？”他满脸狐疑地问。

劳伦拿起橘子，剥去最后一块皮，“我想把旋转木马重新粉饰一下，重新刷一遍。”

“哇！”格雷格往椅子后背上一靠，一脸的紧张瞬间换成了惊诧，“我承认，我感到很吃惊。我以为你只消看一眼，就会把它大卸八块，直接拉到垃圾场扔了呢。”

“我会按小时给你付工资，”她提议，说完耸耸肩，“要是你住在仓库里，房租就免了。”

“房租？”格雷格一听这个词儿顿时乐了，“你说过这地方不是给人住的，现在又要收房租？”

劳伦放下橘子，“你不是说你修整了一下，现在挺好的吗？”

“我是说没那么糟糕。”

他确实是那么说的。这家伙的确得在野外解手了。想想他的居住环境，劳伦又局促不安起来。

“好了，好了，不收房钱。”她从柜子上捡起钥匙，“所以你会把旋转木马收拾干净，刷好油漆对吗？”

格雷格点点头，“但是得花上些时间。我还是很吃惊，你居然想拾掇它。”

劳伦耸耸肩，冲他一笑，“我就不能让人吃惊一下吗？”被他看得发毛，她赶紧背过身来，走出厨房，“我得去办公室了，有客户要来。”

“跟你说一声儿，”老卢在后面喊道，“我还会让他在家里洗澡的。”

“随便吧，爸，别让我看见就行。”

“他还可以在这儿洗衣服。”

真是完败！她不甘地嚷道，“我晚上回来最好还有热水用！”

简直太荒唐了！当初自己曾坚信只要离了婚就能从那种过山车一般的生活中解脱出来呢。劳伦摇摇头。没错，离婚是最正确的选择。可现在，她得跟老卢住在一起，抬头不见低头见，如今前夫也掺和进来，这距离未免太近了，近得让人不舒服。

这两个男人是铁了心要把她折磨死。

她关上大门，理了理头发。橘子的香气从指间飘来，她沮丧地叹了口气。

他们就这么折磨她吧，折磨得她连手里的橘子都忘记吃了。

7

性爱就像空气，只有在没有的时候，才觉必不可少。

——佚名

劳伦的胳膊都开始酸疼了。她停下来，把胳膊垂下来歇歇，左右扭扭脖子，活络一下颈部的肌肉。这种高强度的体力劳动可真让她吃不消。她平时的工作都是要玩智商，烧脑子的，论力气可不是她的强项。

清理木马的活儿她原本没想掺和的。事实上，自从两周前把这个脏活派给格雷格以后，她就打算少往这儿跑。可每天晚上，把办公室门一锁，她总感觉有什么东西牵引着她，然后她就不知不觉地开着车往这片沼泽地来了。

她按按左肩膀，又按按右肩膀，金属抛光剂就跟渗进了手指和掌心一样，一大股油味儿让她忍不住皱起鼻子。显然，她低估了这个神奇装置上需要抛光的铜管数量。

一连几天，都是格雷格在忙活，她在一边站着看，每次格雷格一说她游手好闲，她就乐。

“这活儿可以干得快点，”他说，“要是你乐意拿块抹布帮忙擦擦的话。”

她还没把动物分拆出售的计划说出来呢，所以格雷格把整个木马上上下下全清理了——上边的顶盖，中间的动物，还有下边的圆台，每个部分。她没吭声，只由着他去。

格雷格建议她把横横竖竖的铜管擦亮，她倒也没反对。这些竖着的铜杆把动物们固定在整个装置上，回头等她出售的时候，它们也得和那些老虎、长颈鹿还有马一起卖掉，所以她花点时间也值了。至于横杆嘛，她突然想到，说不定有的废品公司对它们感兴趣呢，那样的话，亮闪闪的铜杆总比黯淡无光的铜杆卖的钱多。

“你进步飞快呀！”格雷格走进仓库，把斜挎的棕色工具包从肩膀上取了下来，叮叮咣咣的一阵响动，“抱歉我来晚了。我半路去买了些油漆和刷子。”

他把东西往工作台上一搁，脱掉上衣。他们每天晚上清理旋转木马的时候，都会把格雷格的小暖炉拿过来。跟空旷的仓库比起来，暖炉小得有些可怜，可还挺管用的，有了它，温度不会那么低，只需穿上件毛衣或者法兰绒衬衫就够了。

“你买的什么颜色的油漆？”一想到自己手拿油漆刷的样子，她就觉得莫名其妙的兴奋。

“只有红的。刷顶盖用。”他说。

一定是劳伦脸上露出了失望的神色，所以格雷格赶忙补了一句，“我得从顶部开始，从上往下刷。”

劳伦点点头，嘴上说着，“好啊。”其实心里头还惦记着那些欢腾的阿拉伯马儿，随便从哪一匹开始刷都行啊，给它们穿上光鲜亮丽的油彩，让它们生动活泼起来。当然了，如今动物们经过清洗，满身的尘土和污垢已不见，看起来已经相当不错了。

格雷格把手伸进工具包里，拿出几卷胶带，两桶一加仑装的油漆，还有一组刷子，然后把购物发票递给她。劳伦看也没看直接塞进牛仔裤后兜了。

“别盯着动物看了，”他说，“我又不给它们刷漆。”

“什么意思？为什么不刷？”

格雷格抿嘴笑了笑，“你不会让我拿刷子给你的车刷漆吧，是不是？我能刷房子，刷篱笆，或者家具什么的，可我不是什么都能刷啊。”他指了指旋转木马上的动物大军，无奈地甩了甩头，“刷它们可需要一把喷枪和一双巧手。”

她不自觉地向下看去，目光停留在他的一双巧手上，怔住了。只觉得仓库里的空气突然间全被抽走了。她想起，他就是用这双巧手抚摸她，触摸她身体的每一处肌肤，直到她……想到这儿，一股热浪涌遍全身，呼吸也停滞了。她缓缓地深吸了一口气，熄灭这瞬间燃起的欲望之火。

她把拇指插进后裤兜，“那个——”

“别担心。我已经搞定了。我认识一个家伙。”

“就知道你能行，”她轻声说道。斯特林还有他不认识的人吗，劳伦对此表示怀疑。

“别担心，”他重复道，咧嘴笑起来，“他欠我人情。”

这里的人，每两个人里就有一个欠格雷格的钱。其中好多人要么还不上，要么压根就没打算还。这就是五金店倒闭的原因，这就是婚姻走向坟墓的原因。不管怎么说，这总算得上原因之一吧。

曾几何时，他以物易物的高超技术让她也刮目相看。有次他给“长发公主”——当地一家美发沙龙——造了一个工作台，给她换了一年的理发和美甲券。还有一次，他帮人家修缮房子，换回来一辆自行车，送给了邻居的儿子。又有一次，他给人打了几根房梁，换回三个月的花园管理服务。

那些参与易货的人相互之间形成了复杂的三角关系，甚至四角关系，为了清债，他们有时得向一个从未谋面的人提供劳务、产品或者服务。涉及的每一个人都必须尽到本分，整个模式才能正常运转。可是，根据她多年的观察，格雷格因为天生一副好心肠，经常吃亏。劳伦可不一样，她喜欢“随付随清”的商业模式，这样才能确保每一个参与者都能得到公平的补偿，拿到实实在在的钱才是王道啊。

“好吧，”她说道，“无心冒犯啊，格雷格。”

“没事，”他撕掉油漆刷上的硬纸壳，“他不会一分钱都不收的。毕竟这是个大活儿。但我敢保证，他会给你打个优惠折扣。”

劳伦伸手捡起一块五颜六色的纸壳，“我可不想因为这件事儿动用你的人情关系，那样我会觉得不舒服。付全款也没问题。律所又来了新客户。生意还不错。”

格雷格顿了一下，乌黑的眼睛里闪过一丝固执的神情，“为你我愿意这么做。如果你不反对的话，就这么定了。”

气氛顿时变得凝重起来，重得让人无法忽略。劳伦意识到，关键的时刻到了。格雷格主动示好了，那她是该接受还是该拒绝？她的态度将直接决定两人未来关系的走向。

她生格雷格的气不是一天两天了。用父亲的话，都得一辈子了。虽然她生气的理由如此强大——他撒谎，不到难以收场绝不松口；他弱智，正常人怎么能想得出那么糟糕的生意经；他没有规划，能把家里的钱全都散尽——但是，劳伦渐渐明白，她的咆哮，她的咬牙切齿，只不过伤了自己。

父亲是对的。她需要放开所有的愤怒和消极情绪。要想这样，她就需要走出第一步，这便是慷慨接纳格雷格的好意。

劳伦笑了笑，把硬纸壳扔到工作台上，“那好吧。”

格雷格依然一脸的严肃，小声回答，“谢谢。”

两个简单的词。胜过千言万语。她一言，他一语。虽然短暂，却是一年多以来两人最有意义的一次交流。

“我接着擦好了，”她打破这尴尬的沉默，“我刚才就想停下来歇歇胳膊。”

“我也要刷漆去了，反正顶盖也不会自己刷自己。”他用拇指一捅，胶带上的玻璃纸包装袋啪的一声破了。

劳伦拿起一罐铜管抛光剂，又从木质转台上捡起刚才扔掉的针织抹布。不远处，格雷格支起了铝制的人字梯。她拿起抛光剂往抹布上倒着，格雷格这会儿正好往梯子上爬。她瞟了一眼他牛仔裤里紧实的小翘臀，突然间，只听见扑通一声，一团厚厚的抛光剂掉到了她帆布鞋的鞋尖上。

“呵，还挺准的。”她小声嘀咕着，弯腰擦鞋。

“你说什么？”

“没事。”

抛光剂留下一团油腻腻的污垢，鞋子毁了。

她怎么了？

这周以来，她每天晚上都来仓库干活。她告诉自己别再来了，别再来了，可是还来。而且每天晚上，她总被格雷格身上的某处吸引——他下巴的曲线，他结实的肩膀，他强壮的胳膊，他肌肉感十足的大腿，还有，今天晚上是他紧翘的臀。他的身体健壮有型，一点儿肥肉也没有。她又偷瞄一眼，他正把身体重心移到右腿，左脚已经搭在上一层的阶梯上。这个姿势使他右侧大腿的肌肉绷紧了。劳伦下意识地咬咬下嘴唇。

每天晚上离开这里时，她都觉得浑身燥热难耐。对他的渴望如肆虐的洪水，在她的秘密花园里激荡、翻腾，没有个把钟头，只怕欲望难消。

还好格雷格不是唯一一个打开她欲望阀门的男人，不然她会死得很难看。还记得不久前的那一天，她差一点就淹没在斯科特·肖那一汪碧蓝色的目光深潭里了，一身西装那么合体，她忍不住想多看几眼。

全国大大小小的女性杂志，似乎都在兜售着同样一个观念：女人“三十如狼，四十如虎”。那么，她未免也太“幸运”了吧，刚到“如狼似虎”的年纪就离婚了，可如今，对爱情的不信任，又成为她开启新感情的一道障碍。

“你没事吧？”格雷格问道。

“是的，嗯——嗯，没事。”她直起身来，发现鞋子被自己涂抹得一团糟，忍不住皱起眉头。鞋子上的污渍不但没清理干净，反而被她抹得哪儿都是。他正俯视着她。劳伦来了一句，“得，算我倒霉。”

格雷格咯咯地笑了起来。劳伦却觉得下体犹如针扎。曾几何时，他那两片正欢笑着的唇，是那样让她兴奋，让她疯狂。

她目光呆滞地盯着一段还没清理的铜管，拿抹布擦了起来。“我本来想让我爸也来这儿打打下手，”她故意转移话题，赶走满脑子淫念，“可他只对电脑感兴趣。”

格雷格笑起来，“哦？我倒觉得他感兴趣的是别的东西。”

“嗯，对。”她点点头，继续擦拭着铜管上的污垢，白抹布已经变成了黑的，“比如对着自己的症状上网查，看自己究竟得了什么病。”

“他这么做是有原因的吧。”

“嗯，是啊，”她重复道，“他固执啊，一心想证明阿莫斯医生是错的，自己是对的。”

格雷格没吭声，她接着说道，“有一回，我爸跟我说，他觉得自己肯定得糖尿病了，因为他的脚有刺痛感。”

格雷格刷好了顶盖的装饰面，顺着梯子爬了下来。

“还记得他让我给他买些新鞋带。”她靠在铜管上，“我到他壁橱里看了看，好家伙，他的鞋带系得也太紧了，脚上的血液都没法循环了。”

劳伦看看他，期待他给些回应，可他只是默默地站在梯子旁边，目不转睛地看着自己。

看着看着，格雷格冲她笑了起来。于是，她那颗不受控制的心又开始扑通乱跳了。

“幸好你看了看他的鞋，我也不希望看到卢受罪。”

他是个英俊的男人，这一点毋庸置疑。这黑的头发，黑的眼睛，黑的睫毛，黑的一切，不就是她曾经爱上的样子吗？可是，过去一年半，发生了太多事，她以为自己已经释然了，不会再为他的笑容动心了，不再会被他的眼睛打动了，不再会被他声音里的温度感染了。可这一切不过是，她自以为是。

“他受罪才怪哩。”俏皮话刚一出口，她便后悔起来。这话听起来真是既小气又庸俗！格雷格无声的抗议，让她越发局促不安起来。

“真抱歉，我不该那么说。只是……”她耸耸肩，“他老是抱怨。有什么可抱怨的，他现在还壮得跟头牛似的。根本说不通嘛！”说着又耸耸肩，“还有啊，真不习惯家里又多个人。”

这些说辞听上去有些苍白无力。格雷格了解老卢，知道他是那种有事没事都会消极悲观的人。这一点，格雷格清楚得很，可人家就从来没说过老卢一句不是。

她叹了口气，“我以后会注意的，保证。”

格雷格笑了笑，这一笑，她的心跳得更快了。直到他背过身朝工作台走去，她才如释重负。只不过，格雷格现在的位置，正好让他的小翘臀整个映入她的视野。

“我刚才说他对某个东西感兴趣，”他说道，“我的意思是某个人。”

“什么？”这太滑稽了，她直接笑喷了。格雷格转过头来，忽闪着墨玉般的眼睛看着她，她立马收起笑声，问道，“谁？”

“诺玛·琼。”

劳伦走向工作台，来到他身边，“你开玩笑的，对吗？”

格雷格窃笑着摇摇脑袋，伸手拿起一个银色的开罐器，准备把一罐油漆撬开，“他最近说了一大堆关于她的事。”

“到底什么意思？什么叫‘一大堆’？”

油漆罐打开了，格雷格把盖子咔嗒一声扔到工作台上。“他上周提了两三次她的名字。”他捡起一支木质油漆搅棒，放在手心里敲了两下，“我认识卢好多年了，他谈起女人还是头一次。”

“哦，那倒也正常。她给我们做过几次晚饭。有一次，她还来家里跟我们一起吃饭呢。”劳伦抖抖手上的抹布，把它放在油漆桶旁边。“可她是为了帮我，她知道我工作累。”她眉头紧锁，“但愿我爸别想多了，我可不想他伤心。”她沉默了半晌，然后头一歪，说道，“你真觉得他对她感兴趣？”

“他可是个大活人，劳伦。”

实在难以想象！难以想象父亲跟诺玛·琼在一起，难以想象父亲跟任何人在一起。

“或许我该跟他谈谈。”可真要她跟自己的父亲谈论爱情生活，不知该如何开口啊，于是她马上纠正道，“或许我该跟诺玛谈谈。”

格雷格把搅棒放到油漆桶里，开始卷袖子，“或许你该让一切顺其自然。他们的事，他们自己解决吧！”

此时，他小臂肌肤下面的肌肉和筋腱正随着他搅拌油漆的动作舞动着力量之美。劳伦一边欣赏，一边喃喃低语，“是啊，也许你是对的。”

为何她总会下意识地想象他的手、他的唇，触碰在自己身上的感觉？以前，他总是用手轻抚她的后背，手指沿着脊柱，从尾骨，到后颈，一个骨节、一个骨节地一路往上，那感觉美妙极了。然后，再缓缓往下，往下……

体内的荷尔蒙如同乘上了小火箭，瞬间从大脑冲到了秘密花园，她感觉自己口干舌燥。

“听我说，格雷格——”她后退了一步，跟他保持着距离，“——我想先撤了。我……我有点累了。”

她觉得自己说这话的时候气喘吁吁，不知他有没有觉察。

“我再有差不多一小时吧，”他回答道，丝毫没有觉出她的异常，“然后就去睡觉。”

她仿佛看到自己跟格雷格赤裸裸地痴缠在一起，身体下面的床还散发着甜香的味道。想到这，她急忙把抹布扔回工作台上，拿起钱包和钥匙，“回见吧！”说完往门外走。

“别告诉卢我跟你说诺玛的事了，”他在后面喊着，“也许他不想让我告诉你。”

“我会守口如瓶的。”

回城的路上，她不许自己想别的，只一个劲儿地想格雷格提到的关于父亲的那件事。他都七十岁了，他不会真想和诺玛·琼走到一起吧？

父亲怎么会喜欢精力旺盛，一天到晚叽叽喳喳的诺玛呢。反过来，跟诺玛相比，父亲不过是个足不出户，一年到头久坐不起的无聊老头罢了。劳伦爱她的父亲，她不想看到他受伤害。她真得想办法跟他谈谈这件事了。

尽管她强迫自己不去想，可还是无法忽略女性身体里最隐秘的部位传来的那一浪高过一浪的饥渴和冲动，随之袭来的，还有脑海里格雷格用手抚摸她裸露肌肤的画面。她把手心按在滚烫的脸上。她似乎能感受他抚摸的节奏，闻到他肌肤散发的雄性气味，触碰到他亲吻的温度。“停！”她大声低语，往前探探身子，看了看前方的路。

她把空调调到最大，让冷风口直接对着她的脸和胸。

没法跟父亲，或者诺玛，谈他们的事了。还怎么去谈别人的事呢？就连她自己的欲望都把持不住。

***

“签了吧，签好了我今天就发出去。”诺玛迈着小碎步冲进劳伦的办公室，手里拿着好几封信，“肖家父子看起来很不高兴啊。”

她把三份文件放到劳伦面前，一字摆开，又抽出一支钢笔。

这几天，办公室里人来人往，络绎不绝，眼看着客户越来越多，她们的工作时间也越拉越长。劳伦倒觉得挺好的，工作时间长说明生意好。实际上，工作忙一些更好！一天下来累得要死，也省得大晚上的还跑去仓库跟格雷格一起清理旋转木马了。

她接过诺玛手中的笔，在文件上签字，“他们没不高兴。肖先生是因为他儿子没找着工作而烦心。所以他就不停地唠叨小斯科特。一直说，一直说，还把人家当成十二岁的孩子看呢。”劳伦摇摇头，“也是，他的确需要找份工作赚些钱，可是……老天爷啊，我真为那孩子感到难过，所以我想来想去，决定让他去仓库那边帮忙。”

诺玛揽起文件，娴熟地用胶带将其一一封好，“我还以为是格雷格在帮你干那边的活儿呢？”

“没错，”劳伦回答道，随手把收件筐里的一小摞信件弄平整了，省得它们碍眼。

“不顺利？”

“哦，不，不，”她连忙解释，“顺利得很。格雷格干得挺好。”

她打死也不愿意承认，她其实是信不过自己，害怕自己跟前夫独处时会把持不住。

“可那边活儿挺多的，”她真希望这个解释能让诺玛买账。她咯咯笑了起来，“斯科特接了活才告诉我，他周一有论文要交，所以只能等下周再去了。我觉得他父亲要知道了又该怒了。”

诺玛翻了个白眼，摇摇头说，“我发誓，十几岁的小青年绝对是上帝派来惩罚父母的，性的欢愉总得付出些代价。真庆幸我的孩子已经长大了。”

对于养儿育女，劳伦是一无所知的。十五岁以后，二十岁以前，她在读大学；接下来的十年，读法学院；三十岁以后，她又忙着做生意树口碑。有那么一两次，她跟格雷格也谈起过孩子的事，只是那完美的某天似乎始终没有到来。

看着自己的婚姻一路走向终结，她忍不住庆幸当初没要孩子，不然的话，孩子可要成为大人过错的牺牲品了。

“我听说肖先生今晚想请你吃晚饭。”

劳伦点点头。

“我还听到你拒绝了他。”诺玛不无异议地撇撇嘴。

她一侧肩膀耸了耸，“我可不想跟我的客户约会。”

“他又不是客户。”诺玛纠正道。

“严格来讲或许不是，可是……只是……那个……”

诺玛眯起眼睛，朝劳伦挥挥手中的信，“好吧，皮裤套棉裤，必定有缘故。说，什么缘故？”

劳伦长叹一口气，“不知道。我觉得最近……很是……焦躁。”

“焦躁？”

劳伦起身离开桌子，向窗前走去，大楼后身的停车场上正停着几辆车。

“有些东西消失了，诺玛。”她坦白道，“可有些东西还在继续。比如我的身体，还有我的心。去仓库工作的时候，我总是忍不住打量格雷格，他牛仔裤紧绷着大腿的样子让我没法集中精力干手中的活儿。我还时常想起跟斯科特·肖的几次对话，他嘴巴吐字的方式，真是迷人，让我神魂颠倒。我抑制不住地想，那会是什么感觉啊，要是——”她迅速斩断了思绪，免得说出脑海里那些下流的画面玷污了诺玛的耳朵。

诺玛窃笑不已，“劳伦，亲爱的，你的问题我全都明白。你啊，是有‘大饥荒’了。”

“诺玛！”她叫了出来，诺玛的话让她既惊惧又窃喜，嘴巴也咧开了。

诺玛趁热打铁，“可不能自行解决哟，劳伦，得有个男人帮你。”

一瞬间，劳伦收起了笑脸，变得惊慌失措起来，她顿时意识到，诺玛刚才说到的，正是自己迟迟不愿面对的那件事啊！“我不能这么做。”

诺玛哈哈大笑起来，“就像骑自行车一样，亲爱的，只要骑上去，一切都有了。”

劳伦回到桌前，“我不是说我不能。我是说我……没法。我没有，你知道，我身边没有合适的男人。”

劳伦看看诺玛，她正强忍着笑，眼泪都快憋出来了。

“反正，你最好找个男人，”诺玛小声说，“你的身体正在向你提出要求，你可不能装聋作哑啊。”

她揪着下嘴唇，“格雷格已经被打入禁区了，我不能……不能再——”她摇摇头，“——斯科特·肖也不行。要是我跟他约会，要是再上了床可怎么办？以我现在的状态，这简直是一定的。可能，很可能。”她扮了个鬼脸，“要是他儿子的官司到时候再打输了，我岂不是要囧死。”

“劳伦，肖先生看上去不像个不讲道理的人，”诺玛说道，“他不会因为儿子被判罚金就怪罪于你的，不管你俩上没上床。前不久我在《时尚》杂志上读到一篇文章，文章说，某些情况下，工作、玩乐也可以两不误的！”诺玛冲她眨眨眼，“我相信，你会明白的。”

劳伦闭上眼睛，两手在太阳穴上来回揉。真的太久没有性生活了，她没法想象自己光着身子跟一个男人在一起会是什么样，不管那男人是谁。不，也并非如此。当欲望的潮水汹涌来袭之时，脑海中的画面又是那么的真切和生动。可一想到要实打实地跟一个完全陌生的人在一起，还是会觉得过于莽撞了。至少，对于任何理性的人来说，这种担心是必要的。

“说到性感男人，”诺玛打趣地说，“我挺担心你父亲的。”

眨眼的工夫，话题来了个一百八十度大转弯，劳伦吃惊地瞪大了眼睛。还没等她反应过来，诺玛·琼接着说道，“我感觉卢好像生病了。”

“你跟他聊过了？”最近几个晚上，她一直在忙着给一个新案子做调查、写辩护词，回到家的时候，父亲早已经睡了。今早出门的时候，父亲又躲在晨报后面看新闻。

诺玛点点头，“我觉得有可能是发炎什么的。舌头看起来红红肿肿的。”

“他早上什么也没说。”劳伦说，说完立马回过味来，问道，“你看了他的舌头？”

“我们上午打电话的时候，他嗓子听起来不太好，所以我就从熟食店买了份鸡汤给他送过去当午餐。”

劳伦盯着自己的皮带扣看得出神，“真抱歉。你不必听他唠叨来着，也不必大老远开车过去。你该把他的电话转给我的，我可以给他送点汤。”

“跟他一起吃午饭，我很开心啊。”她羞怯地笑了笑，没避讳地说，“他没打来办公室，劳伦，是我给他打的。”

“哦！这样，那，可是……”劳伦顿了顿，“你为什么要这么做呢？”

诺玛一脸的激动，“因为我喜欢他啊，傻瓜。卢真是个不错的家伙。上次在你家一起吃饭就感觉挺开心的。后来我给他打过几次电话，随便聊聊。这么好的交往对象，我以前怎么没发现呢，真是不敢相信。我约他出来吃饭，他拒绝了。”她笑了起来，“不过我不会放弃的。我们这一代人，男的不大习惯女的主动。”

劳伦愣在原地，眼睛一动不动地盯着诺玛。她简直不敢相信自己的耳朵。

诺玛的笑容僵住了，“你不反对吧？要是我跟你爸爸共进晚餐的话？”

“那——那个，”劳伦变得语无伦次起来，她还没从刚才的惊讶中回过神来，“当然了……可是——”她用手把刘海拨到一边，一时想不起合适的词语来表达此刻的心情，“——你们俩个人……差异太大了。”

一瞬间，诺玛脸上的笑容消失了，“差异是生活的调味剂，宝贝儿。”

劳伦仍觉不妥，“可是我爸每天的生活就是从早到晚坐在家里。每月出去剪一次头发，取一次药。就像只冬眠的熊。可你呢，你是个飞奔在人生高速公路上的赛车手啊。”

诺玛摇晃着手中的信，在空中划了一个大大的圆弧，说了一番打消劳伦疑虑的话，“喏，如今呢，我们俩也不是一点共同点都没有。卢就像你那座破旧的旋转木马。他需要的，只是除除灰，刷刷油，再按下一启动键，就行了。”她忽闪着褐色的大眼睛，“而按下启动键，唤醒他的人，就是我呀，劳伦。”

劳伦不知是该笑，还是该捂起耳朵。

“不管怎么说，”诺玛语气凝重起来，“卢觉得他唾液腺可能被感染了。叫什么来着，他跟我说了一个很长的名字。”

很显然，父亲又跟健康网站较上劲了。

诺玛把钢笔别在耳后，“我建议他去看医生，可他说自己没有医生。”

“他有。阿莫斯医生。只是他现在不理人家。”

“查理·阿莫斯？我认识他。”

“他俩认识好多年了，”劳伦说，“只因为点鸡毛蒜皮的事，我爸就大动肝火的，其实真没什么。我希望他能过了心里这道坎。要是他能原谅人家就好了，需要医生的时候也好咨询一下。”

“查理的妻子，凯蒂，是我的好朋友。”诺玛用手中的信轻轻敲打着下巴，“或许我能帮你搞定这个问题。”她从耳朵后面抽出钢笔，朝门口走去，“我得去处理这些信了，不然就晚了。”

“诺玛！”劳伦叫住诺玛。诺玛这会儿已经走到走廊里了，听到叫声转过身来。“我见我爸往起居室的糖果盘装满了柠檬糖，我敢打赌，他嘴巴溃疡一定是因为吃了太多柠檬糖。”听了这话，诺玛的眼神里充满不解。劳伦耸耸肩说，“这事儿以前就发生过。”

“啊，好吧，”诺玛笑着说，“但愿他的问题真的如此简单。”

“我敢肯定就是这个原因。我回家跟他谈谈。”

劳伦在桌前坐下，漫无目的地伸手去拿收件筐里的信封。好吧，瞧啊，诺玛·琼都主动提出跟父亲约会了。

可是父亲拒绝了她。他究竟为什么要拒绝呢？

诺玛·琼当真觉得老卢性感？

她沿着封口撕开了信，这时，诺玛给她的建议浮现在脑海里。

你有那方面的需要。

这是实话。劳伦不能否认。

像任何一个女人一样，她也喜欢性爱。一想起自己跟格雷格在那张特大号双人床上的动人时刻，她就快乐地想要飞。她把银光闪闪的拆信刀扔到抽屉里，拿信封当扇子扇了起来。

难道这就是她的幸运之处吗？荷尔蒙如暴风骤雨般肆虐，而她却孤家寡人一个，没有丈夫，没有男朋友，身边一个男的也没有。上帝啊，对此你有何旨意？

8

一圈一圈，轮子慢慢转，喀喀呀呀，磨盘轻轻碾。

——《翁吧隆吧》[1]

劳伦咔嗒一声合上手机，把它扔到副驾驶座上，手机的旁边放着她的钱包。自从两人分开以后，她还是头一回听格雷格讲那句暗语。记得以前，每次她听到这句话都会乐得合不拢嘴，一颗期待的心像装上了涡轮一样越转越快。

我想给你看样东西。

当然，格雷格并没有意识到自己在打暗语，从来没有，正因为没有，这句话才尤其搞笑。每次他一说这话，劳伦就知道他准

---

①《查理和巧克力工厂》（*Charlie and the Chocolate Factory*）中的一首歌。

是又在谋划什么了，某一时间，某个地方，一定有场惊喜在等待着她。

“我想给你看样东西。”

多年前的一天，他突然打来电话。当时劳伦正在跟客户谈生意，诺玛·琼打断了他们，说格雷格有一通“重要”电话打来，要她接听。劳伦一听到格雷格想约她在斯特林郊区见面，就气不打一处来。那时公司才刚刚开张，她正奋力挣扎着想在斯特林的法律界站稳脚跟。正开会呢，她生气地说。她特别想促成那单生意，再说了，工作得好好的，她怎么可能突然离开办公室一走了之？可就在那一刻，他说了那句充满魔力的话。

我想给你看样东西。

他丝绸一般温和的声音让她全身上下涌起一股暖流，心中的愤怒瞬间消散了。几乎没怎么犹豫，劳伦让诺玛把下午的预约改了时间，然后用最快的速度把会开完了，动身前去赴约。她知道，这样做或许很冒险，可她的心里是快乐的。

格雷格租了一个热气球，气球在空中翱翔，大地在脚下展开，白云在身边掠过，两人喝着香槟，尽情享受着浪漫午餐。

往事虽已飘远，可如今想起来依然会笑。她开车出了城，往蚊腿儿路的方向一路开去。十月已近尾声，天气明媚宜人。她摇下车窗，让和煦的风吹进车里。

劳伦下定决心躲着格雷格，躲得远远的，到今天为止，她已经成功坚持十天没去找他了。她早上也会早早出门，免得在路上碰到他。

可是，她的“大饥荒”——就像精明的诺玛·琼说得那样——丝毫没有消减的意思。每天，新客户一个接一个地来到办公室，她没时间去想她的“大”问题，不管这欲望是强烈，还是微弱，还是介于两者之间。其实，这样说也不完全对。每次一听说哪个女人有“欲望”需要宣泄——对她而言完全就是强烈的欲望——不管她愿意还是不愿意，这欲望都会潜入她的意识底层。所以说，虽然她确实思考过这个大问题，但她并没有沉溺于此。

不过，她没少想。

劳伦仔细琢磨着格雷格打来的电话，琢磨着那句充满魔力的话。说到惊喜，至少得有一只动物刷好漆呀。要是有好几只的话，那就喜上加喜了。

她在脑海中勾画着那些阿拉伯马的样子，他们身上漆着雪白的外衣，闪闪发光；头上戴着羽毛做成的头饰，反射出耀眼的色彩，或亮蓝，或艳紫，或其他大胆的色调。她甚至可以想象自己骑在马背上的感觉，伴随着管式大风琴尖细而欢乐的曲子，一圈一圈地旋转。太欢乐了有没有！

她坐直了身子，脑袋里奇思妙想起来：一大帮疼爱孩子的爷爷奶奶、爸爸妈妈、叔叔阿姨们，忙着给孩子们挑选他们喜欢的动物，自己则在一旁大把大把地收钱。哪一个爱看童话，有着公主梦的女孩子，不想拥有一匹如此神气活现的马儿；哪一个敢于冒险，有着狩猎梦的男孩子，不为得到一只这样的狮子、老虎或者熊而高兴半天？劳伦在心里默默记下这个绝妙的营销点子。

到达仓库的时候，天色已晚，四周静谧无声。仓库有一扇门大敞着，昏暗的灯光透出来，屋外空旷的草地上洒上了一层薄薄的光晕。

她走了进去，却没发现格雷格的身影，于是“格雷格”“格雷格”地喊了起来。

“嘿，这儿呢！”他应道，从里屋的门口探出头来，手里拿着条绒布毛巾。

一看到他，劳伦的脸上便露出了笑容。实际上，跟他见面也不全是生气恼怒，也还是有开心的时候的。“我马不停蹄地赶过来了。工作太忙了。”她边说边脱掉外套，把衣服随手搭到锯木架上。

“是啊，卢跟我说你最近一直忙工作。”

她看到墙角整齐地码着一堆木材，上次来的时候可没见着，“又有活儿了？”

他点点头，“在给乔·利·斯特普尔顿干点活儿，今天给她打了几个柜子。”

好熟悉的名字，劳伦不由得专注起来，“没想到她还住在这里，她跟我是一个毕业班的。”乔·利原本姓尤因。高中毕业一年后，她就嫁给了吉姆·斯特普尔顿，劳伦还参加了他们的婚礼。多年后，她跟乔·利失去了联系。

“她跟我说了你们一起上的学。”格雷格把毛巾挂在门闩上，“她住在枫林镇。”

枫林镇就在斯特林边上，原本只是个老社区，后来慢慢变成一个有几家购物中心，几家加油站和一个邮局的小镇了。

“真为她丈夫惋惜。”格雷格说道。

“吉姆怎么了？”

“他是个消防员。几年前，救火时房子塌了。”

“呀，格雷格。真太糟糕了。”她怎么不知道这个消息，即便没在报纸上看到，也该听朋友们说起啊，“他们有孩子吗？”

格雷格点点头，“有个十岁左右的小姑娘，很可爱，长得特像乔·利。你想喝点什么吗？啤酒？汽水？或者别的？”

“不用，谢谢。我不打算待太久。”

格雷格又点点头，然后朝旋转木马望过去，“我把顶盖弄好了。本来可以更快些的，可是……那个，最近我也有点忙。”

“没关系的，”她说，“你得先紧着赚钱的活儿干。那个，斯科特干得怎么样？能帮上忙吗？还是碍手碍脚的？”

格雷格笑了笑，“他是个帮手。虽然该露面的时候不怎么露面，可看起来像个好孩子。”

“这姑娘真美。”劳伦不知道自己为何觉得旋转木马是个姑娘。说完觉得有些难为情，不过她立马发觉，其实自己没有担心的必要。

“她的确很棒，不是吗？”格雷格顺着劳伦的视线看过去，他也觉得它是“姑娘”。

仓库的椽木下孤零零地挂着一只灯泡，发着昏暗的光。木马顶盖的亮红色新衣反射出均匀的光泽，再搭配上金色的装饰，看起来完美极了。格雷格的活儿干得漂亮，漆刷得线条清晰，棱角分明，无缺无溢，一切刚刚好。可她发现，貌似没有哪只动物是粉刷一新的。

他想给自己看什么呢？劳伦很是好奇。她刚想开口问，只见格雷格转头看过来，英俊的脸上透着几分忧虑。

“最近见到你爸了吧？”

她抬起一只肩膀，“就像他说的，最近我为工作忙得团团转。”

格雷格朝旋转木马走过去，“我觉得他可能想你了。”

“哎呀，别教育该我怎么孝顺我爸了。客户在那等着，我得去工作呀。他能理解的。等工作不这么忙了，我就多陪陪他。”要不是你差点害我破产，我又何苦这么卖命地工作呢，她只是在心里想，嘴上没说出来，“你不是每天上午都去看他嘛，况且诺玛·琼每周还给他打好几个电话呢。”

“诺玛·琼。”格雷格似笑非笑地说，“她约卢吃晚饭，你知道吧？”

“她约了不止一次呢，”她点头说道，“但是，我爸总是拒绝她。估计我得跟他谈谈这事了。”她喘了口气，又接着说，“我想告诉他，找点乐子死不了人，但这话说出来他一定会把我吃了的，肯定。”

格雷格哈哈笑了起来，“我觉得她是惊到卢了。至少卢告诉我这事的时候，我是这么想的。”他把手插到后裤兜里，“就好像他被突如其来的温柔撞了一下，有点吓蒙了。”他来到旋转木马跟前，抬手抓住铜管，“想不想让我跟他谈谈啊？你懂的，男人跟男人的对话。”

劳伦稍稍迟疑了一下，连忙回道，“我来吧。不能再让他劳烦你了。”

格雷格乌黑的眼睛直直地盯着她，过了好一会儿，才说道，“他虽然不再是我岳父了，劳伦，可他还是我的朋友。”

劳伦低下头，盯着自己皮鞋上的一处污点，“我知道你关心他，格雷格。我没有别的意思。我就是说，那个，作为他的女儿，我应该是那个，呃——”她冲他抱歉地一笑，“——凡事冲在前面的人。咱俩都知道，我爸他不喜欢被说教。”

格雷格的肩膀松弛下来，“岂止是不喜欢。既然这样，那好吧。如果你需要支援的话，算我一个。”

四目相交。

除了他，还有谁能随便穿件灰色衬衫搭条蓝色牛仔裤就帅得如此一塌糊涂！

劳伦不好意思一直看他，又不知看哪儿才好，于是低下头，盯着自己的大腿，恍惚间看到自己的黑色羊毛裤子上探出一根线头。

“那，”她委婉地提示道，“你叫我出来，是有东西要给我看吧？”

“对，对，是有东西。”

格雷格笑了起来，两眼直放光，活像两颗擦亮的黑玛瑙。这表情，她结婚以后都不知看过多少遍了。

记得那是个周末，劳伦外出开会，回来的时候，发现后院不知何时搭起一个杂物棚。她只记得有一次，自己嫌车库里满当当乱糟糟的，就随便跟他抱怨了一句，没想到他这么上心。她开车进了车道，格雷格就站在车库门口，给她打开门，招手示意她把车开进去，她进去之后发现，车库里干净又整洁。

之后便是两人第一次一起过圣诞节的那回了。格雷格一整天忙上忙下的，给房子挂上了一串串彩灯。等劳伦从办公室回到家，冬日短暂的白昼已经褪去，夜幕笼罩大地。她转过街角，看见自己的房子亮晶晶的，像一个流光溢彩的姜饼，心里甭提多高兴了。

这家伙超爱制造惊喜。

“来，好事留给你。”格雷格伸出手来。

“什么好事？”劳伦不假思索地问，然后疾步走上去，把手放到他的手心。他握住她的手，长满老茧的手指带着暖暖的温度，粗糙的纹理打开了她的记忆之锁。那时，也是这双粗糙的手，抚摸她的身体，不过不是抚摸她的手，而是她身上更敏感的部位。格雷格跳上旋转木马的圆台，把她拉了上去。

“我给这玩意儿上了油。”他说道，手拉着劳伦穿梭在各色动物之间，朝台子中央走去。劳伦紧随其后。

一直走到操作面板跟前，格雷格才松开劳伦的手。他伸手打开控制面板的盖子，接着后退了一步。盖子的后面，全是各式各样的手柄、控制杆、螺杆和齿轮。

“是那个。”格雷格指着最大的控制杆说，“那个应该是主开关，你觉得呢？”

劳伦心里感到无比的喜悦，那感觉傻透了，又激动，又紧张，又想疯狂大笑。

她看了看控制杆，又看了看格雷格，“你觉得它真的管用？”

“说起来，这玩意儿这么旧了，有可能不管用。”格雷格摊开双手比画了一下，然后又放了下来，搁在大腿上，说：“可是，我们总要试一下才知道啊。”

劳伦一边把手伸向橡胶手柄，一边咧嘴笑着，那嘴咧得，几乎到了耳后。她使劲拉了两下，控制杆松动了，她把控制杆扳了上去，扳到启动位。

音乐没响，灯也没亮，倒是圆台子开始慢悠悠地动起来。伴随着木头吱吱嘎嘎的摩擦声，旋转木马重获新生了。

劳伦啊地叫出了声，她拽着格雷格的 T 恤，鼓动着他。“快来，快来！”她跳上圆台子，感觉心快从胸口跳出来了。回头一看，格雷格也跟了上来，她开怀大笑，像个第一次参加嘉年华的孩子。

最里边的一圈是阿拉伯马儿，他们缓缓摆动着，一上一下地翩然起舞。她和格雷格坐进了中间一环的华丽雪橇里。紧挨着他们的，是一圈斑马，一高一低似波浪般排开，那动作让人忍不住联想起策马奔腾的画面。

劳伦的目光游荡在眼前的动物中间，一会看看这只，一会看看那只，头摇得跟拨浪鼓似的，完全被眼前的景象迷住了。

“哦，格雷格，”她喘着气小声说道，“你能相信吗？它动起来了，真的动起来了。”

她转过身来，看着他，眼神中闪烁着喜悦的光芒。

热气球上的香槟午餐。

新搭起的杂物棚和整洁干净的车库。

成千上万只彩灯，将她的圣诞节照亮。

现在，又是一个旋转木马，满载着欢腾的动物。

这家伙浑身上下都是惊喜，有一些惊喜是为解决实际需要而生，而剩下的惊喜则完全让人意想不到！

劳伦用手轻抚着他的前胸，完全陶醉于他为她带来的迷人的惊喜中。

亲吻来得那么出其不意，那么匆忙慌乱，她没有时间多想，更来不及思考是谁先吻了谁。他的嘴唇火辣而湿润，压在她的唇上，那感觉妙不可言。她张开双唇迎合他，一股薄荷糖的甜味也随之而来。

格雷格一直都是接吻高手。

劳伦变换了姿势，不知哪块旧木板刮得泥地吱嘎作响，转盘下面的齿轮也跟着嘀嗒嘀嗒地响个不停。旋转木马不停地转动着，搅动着周围的空气，制造出一阵阵微风，只是这微风完全不能冷却她心中的火焰。

劳伦喉咙深处发出轻轻的呻吟声，与金属装置的摩擦声交织在一起，谱成一支和谐的小曲儿。他们热烈地、近乎疯狂地亲吻着。她的手一路向上，抚摸他的肩膀，他的脖子，他又黑又密的头发，撩拨起他的发丝。他有力的手顺势而下，把她再抱紧一些。

她迫切地想要贴近他，这强烈的欲望，将她整个吞噬。她往后侧了侧身子，用力拉扯着他的 T 恤。可那攥着他衣服的手指却不听使唤地不住颤抖，好在格雷格帮着她把 T 恤从自己身上拽了下来。

他的手在她身体上抚摸着，他们又亲吻起来，她趁机解开了上衣的三枚扣子。饥渴难耐的亲吻，让她觉得虚弱，觉得匮乏，浑身颤抖。

“劳伦！”他贴着她的嘴巴小声呼唤着她。

别说话，别说话！她想喊，却喊不出声。

劳伦吻住他的嘴，手指滑到他的脖子上，抚过他的下巴，可就在此时，她脑中闪过某种信号……又消失了，零零散散，错乱不堪。

劳伦拼命地想忽略那信号，她紧闭双眼，身子前倾，一只手揽过他的脖子。可是，那种说不清道不明的奇怪感觉变得越发明显，不容忽略。

她抬起头，头发散落到眼前，她透过自己的发丝看着他。显然，格雷格以为劳伦要自己亲吻他的脖子，于是将唇凑了上去，轻轻嘬着她颈上的敏感肌肤。热，穿透她的身体；电，流遍她的躯干和四肢。她倒吸了一口气，抬起手拨开遮挡眼睛的头发。他的舌头亲吻着她的颈窝，她大口大口地呼着气，几乎忘记了那种奇怪的感觉，忘记了有什么东西不对劲。此时此刻，她只想臣服于身体最深处那滚烫的热浪。

终于，她觉察出问题所在了，不由得瞪大了眼睛，往后缩了缩身子。木马在旋转着，她的视野里先是出现了那些神气活现的动物，紧接着是远在仓库另一端的工作台。

木马在反方向旋转！那些马儿、老虎、斑马，全都在朝尾巴的方向旋转，仿佛在参加一场怪异的倒退跑比赛。

劳伦感觉自己胸前一阵发凉，这才意识到格雷格把她上衣的最后一个扣子也解开了，她清楚地知道，她得从其中尽快抽离出来。

正当这时，他的手滑向她的蕾丝文胸，她喊了一句，“停。”声音干涩喑哑，就像蚊子的哼鸣，于是她又喊了一声，“停！”

格雷格松了手，直直地盯着她的脸。

“怎么回事？”他问道，沙哑低沉的声音里欲望还未消退，“怎么了？”

这咔嚓的转动声，嘶嘶的摩擦声，仿佛是齿轮们在说着神秘的代码，窃窃地嘲笑她。终于，她明白自己为何有种奇怪的感觉了。这草率的一步，会让她的生活走向倒退；而这逆向旋转的木马，不正是对她倒退生活的比喻吗？多么大的讽刺啊！

这是她想要的吗？她想跟自己的前夫做这样的事吗？

虽说这样一来，她的需求极有可能得到缓解——解决她的“大问题”——可她跟格雷格以后该怎么相处呢？

他想跟她复合吗？

她想跟他复合吗？

他瞪大了眼睛，她用手推开他。

“好马不吃回头草。”劳伦手一撑，站了起来。转盘还在转，她摇晃了两下，这才站稳。她胸前大敞着，想到刚才险些失态，脸上火辣辣的烫。

“什么？”格雷格直直地靠坐在椅背上，两手理了理凌乱的头发。

他看上去仿佛刚从睡梦中醒来。内疚如暴风骤雨般击打着她，可是，一切都已经太晚了。

劳伦侧身跨过旁边的斑马，胳膊擦过它鼻子上已经斑驳的黑漆，她从旋转的木马上跳了下来，快步走向锯木架，拿起钱包和钥匙。

“劳伦！”

咔嚓声、摩擦声慢了下来，想必是格雷格关了开关。劳伦把胳膊伸进上衣袖子里，然后开始急匆匆地扣上衣的扣子。她一边扣扣子，一边转过身来看着他。

劳伦不知该跟他说些什么了，不知该如何解释自己的疯狂举动。

格雷格一边把T恤往头和胳膊上套，一边跟了过来。

“你被开除了，”她脱口而出，衣服上的扣子扣得一团乱，衣摆斜扭着悬在半空，“我想让你离开我的仓库，格雷格。”

离开我的生活，她本想加上这一句。她无意伤害他，只想让他离自己远远的，到一个她见不到的地方，从此谁也碍不着谁。

“我知道我说过你可以住下。但是我改变主意了。你必须离开。”说完，她抓起钱包，向门口走去。

“劳伦，等等，我们不能谈谈吗？”

他追上去，抓住她的前臂。

“你为什么生我的气？”他眉毛紧蹙，“我，呃，我只是做了我……”他压低声音，温柔地说道，“我以为你想要的事。”

上帝啊！她是多么想要啊！当她坐在他身上，衣服还一件没脱的时候，就已经快到顶峰了。

劳伦感觉浑身的皮肤热得要烧起来了，但不是因为欲望——而是难堪。

“我不是生你的气，格雷格。”她从他手里抽出胳膊，头也不回地冲向门口，“我生我自己的气。”

9

若是要在两个魔鬼中间选择一个，我永远都选择没尝试过的那个。

——梅·韦斯特[1]

“对不起，伍兹女士。我帮不了你。”劳伦两手合抱放在桌子上，心里默默猜想，自己肯定不是本市第一个拒绝帮助这位年轻女士的律师。

“可你得帮帮我啊。要是被证明有罪，我就拿不到奖学金了。”

劳伦看了一眼面前的表格，回答道，“我看了警方报告。你

① 梅·韦斯特有一对非常丰满的乳房，后来在好莱坞，凭着天赋身材红极一时，是二十世纪三十年代中期美国薪酬最高的女人，人称“银幕妖女”。

完全没有胜算。”

黛安娜·伍兹难为情地把她打着石膏的脚往右边挪了挪，劳伦瞬间后悔起刚才的措辞。

劳伦抱歉地撇撇嘴，“咱们这么说吧，伍兹女士。你被抓了个现形，这官司打不赢的。”

“可是，我没有啊。警察抓到我的时候，我身上可什么都没有。”她信誓旦旦说，语气里满满的自鸣得意。接着，声音低沉下来，“要是我下楼的时候没被楼梯绊倒，没扭伤我这倒霉的脚踝，我早就脱身了。”

警方报告记载，黛安娜被抓的时候，身上并没有赃物。但是，他们逮捕她是有充分的理由的，确切来说，她不是被抓了“现形”，而是被抓了“现腰”。

黛安娜·伍兹在“恩店”的肉品区偷了一块丁字牛排，把它塞进外套下，别在裤腰带靠后腰的位置。正当她往外走的时候，这倒霉姑娘一头撞进购物中心保安的怀里。一看她那心里有鬼的神情，保安便立马起了疑心，扣留了她。后来商店老板出来了，向警察报了案，跟着，黛安娜就逃了出来。逃跑的路上，她把牛排扔了，可是盗窃的证据却板上钉钉地留在了她腰上。

“你当时牛仔裤后面全是血。”劳伦说。

这位十九岁的姑娘毫不示弱，“你就辩护说我来例假了。”

“你那天玩倒立了吗？”劳伦靠在椅背上，两臂交叉在胸前，

“还是你身体有缺陷，所以你来例假的时候是从后腰往外流血的？”

黛安娜微微眯起蓝色的眼睛，劳伦看得出，那姑娘正在认真地想如何反驳她呢。

“在你开口之前，”劳伦提醒道，“你应该认真地想一想你在法庭上向法官说谎的后果。”

年轻姑娘打着石膏的脚在实木地板上蹭来蹭去，“可是我并不打算说谎。”

“哦，我明白了。”劳伦点点头，“你是想让我替你说谎。”

在她的职业生涯中，这不是头一回有人建议她上法庭跟法官说谎。通常，当劳伦把这个请求直截了当，一针见血地戳穿时，这些人都会有所悔悟，然后打消这个念头。可这次，这个战术没奏效。

“我就是这么想的，”黛安娜看上去释然了许多，“其他的律师好像都没弄明白我的意思。”

劳伦冷冷地笑了笑，“哦，我敢肯定，他们再明白不过了。”然后又重复说道，“很抱歉，伍兹女士，我帮不了你。”

“可是，那样的话我就拿不到奖学金了。”

劳伦叹了口气，“就谈到这吧。”她站起来，指尖支在桌子上。

“求你了，求你了，请听我说。我需要那笔奖学金。”黛安娜又紧张起来，“我交学费全靠它了。我打工赚的钱几乎都用来付房租了，只剩下一点点钱来买吃的，交水电费。三年了，我不是吃米饭，就是吃面条，别的什么也没有。你能想象那是什么日子吗？那天是我的生日，我想吃一点有蛋白质的东西。难道就那么罪不可赦吗？”

罪不可赦？非也。违法乱纪？正是。劳伦默不作声。

黛安娜伍兹眉头紧锁，眼看着劳伦一点同情心也没有，她十分伤心。于是，她挣扎着从椅子上站起来，拿起她的拐杖。

“看来，你是不会帮我的。”她说。

“如果你铁了心隐瞒实情，不说实话的话，那么你说对了，我不会帮你。”

黛安娜一瘸一拐地挪到门口，拐杖的橡胶头儿“当”的一声撞到了门框上，“我会找到一位律师的，我会的。我需要那笔奖学金。”

诺玛·琼把姑娘送出了前门，声音里透着喜悦。

劳伦走到窗前，俯视着后院的停车场。

“你没事吧？”诺玛问道，没等劳伦回答，她又接着说，“我真佩服你的耐心。那姑娘也够麻烦的，是吧？我真不敢相信，她居然认为你会帮她说谎，还是跟法官说谎。”

显然，诺玛一直在偷听。

“你说的话她一句也不听不进去。要我说，黛安娜·伍兹最大的敌人是她自己。”

劳伦回到桌前，点点头说，“你说得没错。”

***

“你打算把这些动物翻新一下，对不？然后再把它们一个一个卖掉？”老斯科特·肖的目光就没从旋转木马上离开过，“我对古董不是很在行，但是我们眼前这东西一定值不少钱。”

可算来了一位有商业头脑的男人，他的这番话与劳伦得出的结论不谋而合，这让劳伦打心眼里高兴，“下周会来一个家伙，帮我估个价。貌似是位喷枪高手。”

老斯科特爬上转盘圆台子，“这玩意儿真是不可思议。哪来的？”

“我也不太清楚。”

他看看这只动物，瞧瞧那只动物，从他的表情上看得出，这男人正在认真地盘算着什么。

“你还得弄个底座。”他说。

劳伦从没想过这一点。

“我虽然不太懂机械，但是我觉得你需要弄个坚固的东西，把每样东西固定牢靠。孩子都喜欢爬上爬下。弄一个结实的木头箱子，不知行不行？”老斯科特看着劳伦，眼睛微瞪，“你认识好的木匠吗？”

他匀称的面容——整齐的颧骨，对称的眼睛，相称的眉毛——让他的脸充满魅力。劳伦觉得浑身燥热，赶紧把脸转向一边。

前几次见面，他都是穿着深色西装。可今天早上来仓库，他换了一个全新造型：下身是一条卡其色休闲裤，上身是一件厚实又合身的杂色粗线毛衣，跟他褐色的头发搭得很，整个人看起来棒极了。

“事实上，我还真认识。”她回答道。

老斯科特点点头，目光又回到了旋转木马的动物身上。“那么今天我们，呃，先拿砂纸把这些宝贝儿打磨一下？打磨好了才能喷漆呀？”

“我们？”劳伦笑着说，“我没想到你会来。我等的是你儿子。”

老斯科特走下旋转木马，朝劳伦走过来，“哦，特儿一会儿就到，我敢保证。”

劳伦不忍心告诉他，他儿子仅仅来过为数不多的几次，工作记录上的时间加在一起不超过八小时。按照这个速度，要想赚回他爸垫付的律师费，他得再干上几个月才行。

老斯科特走到劳伦身边，空气中飘来丝丝森林系古龙水的味道。他伸出手来，挑起她的一缕卷发，在指间轻轻抚弄。

“特儿跟我说了他今天会来这儿干活，”他轻声说，“你看，我约你出去，你又不肯答应，所以我想着来这里跟你待上些时间，帮你干干体力活，好让你看看我是多么棒的一个男人！”

“你很可能来了也见不到我的。即使斯科特来了，我也未必都在。我们俩达成了一个君子协定。工作台上有个笔记本，他会把他的工作时间都记录在上面。”

“我来之前并不知道你在这里。”他说话的语气温柔似水。他把劳伦的秀发举到鼻尖，感受那芬芳的味道，又把它贴近脸颊，触摸那柔顺的纹理，“每次我碰运气的时候，幸运女神总会对我微笑。”

他嘴角向上舒展着，舒展成一个淡然又不失性感的微笑。他松开手，任她的秀发从指间滑落。

“幸运女神，哈！”劳伦被他赤裸裸的调情搞得意乱情迷，一时之间乱了方寸，只好鹦鹉学舌般地重复着他的话。

“是的。不知我告诉你了没，那个——”他又上前一小步，“——第一次见面的时候，我就想吻你。”

他站在劳伦面前，靠得很近，他的眼睛，铁灰的底色上闪耀着蓝色的眸子；他的温暖的气息拂过她的面颊。

诱惑，让人无力反抗，无处可逃。她只需要轻轻依偎在他怀里，只需要伸手抓住他的毛衣袖子，只需要一个浅浅的微笑，就足以传递她甘愿被俘的讯息。

可她没这么做，反而提醒他说，“你儿子随时有可能走进这扇门哟。你不想他看到我俩行事……”她顿了一下，在脑海里搜索着合适的词，“鲁莽吧！”

这答复丝毫没有冷却他的热情。

“特儿不是小孩子了。我敢肯定比这更糟的他都见过。”

劳伦抿起嘴巴，强忍着没笑出来。然后，她摇了摇头。

老斯科特轻声低语，“劳伦，你的影子在我脑海里挥之不去。”

劳伦被他语气里的真诚打动了，她笑了起来。可惜，笑是一回事，束手就擒却是另一回事了。她抬起手，轻轻拍了拍他的脸，“我有办法。”

他的眉毛轻轻挑起，眼睛里充满好奇——也许不是好奇，而是欲望——蓝色的眸子闪动起来。

劳伦手一抬，头一歪，咧嘴笑着说，“干活！”

他低头看看劳伦递过来的崭新的方形砂纸，也跟着笑了起来。

他们一边打磨那头咆哮的狮子，一边闲聊。劳伦负责狮子的头部和鬃毛，老斯科特负责尾部。他问起她离婚的事，她大概说了说，然后重点讲了讲经济出现困难以后，她不得不让父亲搬进来，暂时跟自己住在一起的部分。她得知老斯科特是位保险经纪人，主要给大企业的员工提供生命健康保险。除了卖保险，他还带着经纪公司的一些人帮助企业员工解决入职和福利的问题。他说自己是那种只要工作需要，就愿意一心扑在上面的人。除此以外，他还是一个解决问题的高手，他对自己的工作很满意，收入也很高。

劳伦觉得他们有不少共同点。

“怎么样啊？”老斯科特问她，“又跟你父亲住在一起？”

“还行。”她用砂纸打磨着狮子的鼻子，“我大部分时间都在办公室或者法院。所以见到我爸的机会不是很多。至少工作日里见得不多。我们互不干涉。不知你是不是想问这个。”

老斯科特吹了吹狮子的尾部，扬起一阵木屑，“你父母什么时候离婚的？你母亲在哪里呢？”

劳伦手中的砂纸停了下来。

“对不起，”他说，“我不是有意提起你的伤心事。”

“不，不，没事的，”劳伦轻声宽慰他，“我妈妈……在我很小的时候就去世了。”她脸上的笑容又勉强又吃力，她敢肯定那笑容没法看了。“虽然过去了好多年，提起来还是会伤心。她得了癌症。医生不确定病是从哪个部位发起的，反正等到他们发现她得了癌症的时候，癌细胞已经转移到她的骨头了。”劳伦朝仓库的另一头望去，“最后的那些日子，她受了很多苦。那太痛苦了，我们每个人都是。”

老斯科特握着她的手，一阵阵暖意透过他的掌心传递到她的手上。四目相接。

“我真的很抱歉。”他用力握了握劳伦的手，又松开，“我不是成心让你想起伤心往事的。”

劳伦把脸转向别处，“没事的。”他能够第一时间安慰她，这一点她还蛮喜欢的。很多男人一说到这个话题就完全不知所措了。她深吸一口气，接着打磨。

“那你父亲再婚了吗？”

她摇摇头，“连约会都没有。”

他一脸的吃惊，“他单身的时间可真够长的。”

劳伦正想把“男女关系”话题引到诺玛·琼和父亲的约会上，谁知一句话都还没说完整，老斯科特就打断了她的话，开始说教她不应该把格雷格赶出仓库云云。拜托，劳伦可是个三十八岁的成年人，又不是小孩子，岂是你想教训就教训的！行，暂且不谈，可她一定要找个机会，等他没这么多怪想法的时候，重新提起那个话题。

她抚摸着狮子光滑的鼻子，“说说你父母吧？”

“他们是候鸟一族。”老斯科特说，“夏天的时候他们住在马里兰深溪湖的房子里，冬天的时候，就住在佛罗里达群岛。特儿小时候，每到夏天，我们就飞到佛罗里达州，在那边待上几周。整栋房子都是我们的，感觉棒极了。”他歪歪脑袋。“我才意识到，我们有好几年没去了。”说完又皱起眉头，“说到我儿子——”他朝门口望去，“——不知道他现在在哪儿。”

劳伦站起来，拍拍手上的灰，“他都是十几岁的小伙子了。”她从兜里掏出手机，一看时间，才发现自己跟老斯科特已经边干边聊将近四十分钟了，“说不定碰到朋友了。”

老斯科特手扶着狮子强壮的后脊梁，轻轻一推，站了起来，“可他既然说了要来，就必须得来。我得跟他好好谈谈这事。”

他说话的语气十分严厉，劳伦在一旁偷笑起来，他则是一脸懊恼。

“你觉得我对他太严厉了，是吗？”他问道。

劳伦举起双手，摇摇头说，“我可没资格告诉你该怎么教育孩子。”

“不，我认真的。我想听听你的意见。特儿很少见得着他妈妈，所以我只好一个人带他。”

对一个男人教育孩子的本事横加批评，远比在二十英尺高的钢丝上蹒跚而行危险得多。

“依我看，你做得相当好了，”她说，“你儿子跟我见过的其他大一新生一样，又有礼貌，又懂得尊重别人。”

老斯科特抓住她的前臂，然后把手慢慢滑向她的腰，“那只是一个好心的，无关痛痒的回答。”他看着她的眼睛，“现在，告诉我你的心里话。”

“嗨，别这样啊。”她开玩笑地白了他一眼。一转念，劳伦意识到他是真心想从自己这儿得到一个答复，于是想了想说，

“好吧，我觉得他可能确实需要再成熟一点点，需要三思而后行。可每个人成熟的年龄都不一样。至少，据我观察是这样。我觉得吧，你以后也别再叫他特儿了，这是对他好。你这么一叫，弄得他像个十二岁的孩子。”

他张着嘴巴，眼睛眨了眨，“噢，”他喘了口气，“我从未意识到啊。”

劳伦不想让气氛变得沉重，于是咧嘴笑了笑，试着把这个话题移开，“你十几岁的时候是个有责任感的孩子吗？”

他的眼睛里立马有了神采，“开玩笑！我那时才不管什么责任不责任的。”

劳伦从圆台子上走下来，“不知为何，你那样子我一点也不难想象。”

“我小时候就会闯进这种地方。”他的视线从大门移到棚顶，又从棚顶移到了仓库的另一头，“当然，我不会故意搞破坏。但是我会一直鼓捣这台奇妙的装置，直到它动起来。我只想骑上去免费兜一圈，以后好在朋友面前炫耀一番。”

她哈哈大笑，“你要是想炫耀的话，现在就可以随便骑啊。”

“它能动？”

“嗯，能……要是你不介意它倒着转的话。”

“你不介意我去瞅一眼吗？”话音还未落，他已经转身朝木马中央走过去。

吱，她听到合页转动的声音，操作面板打开了，他摆弄起里边的控制杆和开关，金属碰撞发出当啷当啷的声音。

“我来试试。”他喊道。

木马慢慢转动起来了，几只彩灯也亮了起来，管式风琴的乐声在空中回响着，声音不大，嘤嘤嗡嗡的。

这次是往前转！

劳伦拍着手，开心地笑着，她看着老斯科特，他正骑在刚才打磨的那只狮子上，木马转到劳伦身边时，他还挥起手来。看着眼前的景象，劳伦捂着嘴咯咯地笑个没完。

之前劳伦觉得，正因为自己是老斯科特儿子的律师，所以她最好不要跟他纠缠在一起。可他是个多好的男人啊！人长得也好看。而且他们还有好多共同点：都有雄心壮志，工作都很勤奋，一说到事业都不含糊。

木马又转了过来，劳伦抬起胳膊朝他挥挥手，他也朝劳伦这边挥着手，一张英俊的脸冲着劳伦傻乐。

或许，只是或许，他就是那个，能带着她走上生活的正轨的男人。

10

没人告诉我原因。没人通知我理由。马上就到周五了，距离上次有人跟我说话已经过去十七天了。

——屹耳，来自百亩森林的忧伤之地

“但愿这些东西都不辣。不然我得整晚打嗝反酸。”

多么可爱带感的佐餐画面啊！劳伦一边在心里默想着，一边观察老卢的动作，他正拿起餐巾纸，疑心重重地看着外卖餐盒。

“蒜酱鸡肉就别吃了，”她提醒道，“除了那个，这儿还有荷兰豆配烤猪肉、西兰花牛肉以及腰果虾仁。我买了蒸米饭和炒米饭。你可能还是得吃蒸米饭了。”她拿起一双筷子，“噢，我还给您点了一个春卷。知道您爱吃这口儿。”

他伸手拿起蜡纸裹着的炸春卷，这才开了口，“鸭酱呢？”

“这儿呢。我还特意多要了些。”劳伦递给他几个酱包。

劳伦手拿筷子，吃着辣子鸡，就着一盒松软的白米饭，感叹道，“真好吃，是吧？”

“真是一顿大餐啊。”

她用筷子夹起一块油亮亮的鸡肉，透过筷子的缝隙看了她爸一眼，真不知道他那句“一顿大餐”的评价是真心还是假意。鸡肉松烂软滑，酱料的微甜配上辣椒的火辣简直就是惊艳。

“抱歉我没做饭。”她说，“做饭的话我还得跑一趟杂货店，可我已经回来晚了。”

“职业女性怎能两头都顾上啊。”

这是一句客观陈述，还是主观批评？劳伦想，算了，为了能让今晚平安无事，权当它是好话吧。

“可是——”老卢擦掉嘴角溢出的一滴鸭酱，“——能打个电话就好了，这样我就能知道你晚上回家。”

“我每天晚上都回家啊。”

“但总是赶不上晚饭时间。”他一口咬下去，咬得脆生生的春卷咯吱作响。

“嗯，那倒是。”劳伦承认道。

“不是我爱抱怨。我住在圣橡公寓那会儿，咱俩待在一起的时间反而长些。”

老卢以前住的那片公寓区距离市里得有几公里远，每周劳伦都会尽力挤出些时间，过去看他一次，一起吃个晚饭或者出去看场电影。

“爸，我每天早上都能看见你。”

老卢鼻子里哼了一声，一张餐巾纸在手心里揉来揉去。“是啊，两三分钟呢，打招呼，说再见什么的倒是够用了。”

“哪像您说得那样。”虽然她嘴上不承认，可她心里知道老卢说得都是实情啊。她尽量让自己的语气放柔和，让它听起来没有一点点对抗的意味，“好了，爸。咱别吵架了。”

“你知道吗？快三周了，三周我们才第一次坐下来吃饭。”

“不可能——”

“已然如此。”他又撕开一袋鸭酱，往春卷上挤了好些，“你知道你的问题是什么吗，劳伦？你太独立了。你不需要任何人。可是太孤立自己是不利于健康的。”

劳伦差点被荸荠噎到。今晚，她终于鼓起勇气，想跟老卢谈谈他的个人生活，于是带了美味的中餐回来。父女二人原本可以边吃边聊，多么美好又温馨的晚餐啊，结果又被他一顿数落。

“你从不需要我。”他说。

劳伦下意识地要反驳他，可还没等她开口抗议，老卢已经全面开火了。

“你也不需要格雷格，没有真正需要过。”

劳伦放下手，“我必须说，事实证明，不需要格雷格是件好事。”

“宝贝，你想过吗，或许这就是你婚姻失败的原因？”

他褐色的眼睛里没有一丝恶意，虽然如此，虽然他的措辞也很柔和，劳伦还是觉得他仿佛在用筷子戳她的心。

“为什么每次聊天都要说到格雷格还有我们俩离婚的事？爸，格雷格和我都是过去式了。您得接受并且习惯这个事实。”

“我知道，我知道，”他信誓旦旦地说，“我只是担心你啊，没别的意思。我担心你要是一直这么——”他摆摆手，“——单打独斗下去，那你后半辈子就只能一个人过了。”

“‘单打独斗’？”她重复他的话，语气中多了几分讽刺的意味，“怎么把我说得跟众叛亲离似的？”

“别生气。我只是想帮你。”

不知为何，她爸越这么说，她越来气，“独立又不是什么坏事。别人当老爸的巴不得养出个独立的女儿呢！”

老卢顿了顿，手里的米饭盒子打开了，盖子悬着。“我没有养你，劳伦。算不上养。”他前臂拄着桌子沿儿，目不转睛地盯着劳伦，“我顶多算是住在家里，我的职责就是赚钱，付账单。自从你妈妈去世以后，你一下子就从小女孩变成了一个成熟女人。”

劳伦觉得喘不过气来。老卢描述的情形正是她十几岁时的感受啊。可令她没想到的是，这一切，原来老卢早已意识到了。

“你放学回家就收拾屋子，买东西，做饭，都快成年度最佳主妇了。你工作起来那么一心一意，我只好时不时想些漂亮的点子把你从工作中拖出来。”他长长地叹了口气，脸上淡淡的笑容消失了，“我想，这都怪我。我不该放任不管，我应该做些什么，我应该引导你健康成长。可是你所有的计划和安排，我不知道……那些计划和安排让你有事可做，让你的精力有所释放。那时候我以为这是个好事，它能帮助你，帮你，帮你熬过失去母亲的痛苦日子。”

他的肩膀松弛下来。劳伦如释重负，却又有一丝紧张不安。虽然他们共同经历的那场悲剧已经过去了很多年，可是每一次谈起它，悲伤就会将他们笼罩。

作为一个悲伤笼罩下的十几岁的少年，她决定，以后不能依靠任何人，只能靠自己。她永远忘不了她得出这个病态结论的那一天，那一刻。那天，一帮“人缘好”的女同学取笑她 T 恤下面隆起的小胸脯。有位老师把她拉到一边，简单粗暴地跟她说，你得穿文胸了。放学后，她飞快地跑回家，跑得上气不接下气。看着空空荡荡，死一般沉寂的房子，她泪如雨下，滴滴都是屈辱。她哪里知道文胸是什么，可一想到要跟父亲谈论买内衣的事，她又觉得难以启齿。

就在那一刻，她意识到凡事只能靠自己。她伤心极了，她伤心妈妈离她远去了，她伤心这所有的问题她只能一个人面对。这不公平！妈妈走了，留下她一个人苦苦挣扎，既要洗碗，又要扫灰，还要买文胸。可她下定决心了，所有的事，她一个人扛。

“你妈妈是个坚强的女人。”

老卢的声音把她从回忆中拉了回来。

“我们都知道，是她把我们连在一起，让我们成为一家人，劳伦。也许我应该阻止你接替她的职责的，可是……”他把最后一个词拖得长长的，然后抬起一侧肩膀，摇着头说，“我觉得我伤你伤得太深了，那会儿……”

“没有，爸，没有，”劳伦轻声说着，向前倾着身子，一只手抓住老卢的前臂，“永远不要那么说，爸，永远也别那么想。你让我做主是为我好。那些经历让我成为一个坚强的人。”

老卢点点头，可他并不十分认同劳伦的话。“就是因为太坚强，别人才走不进你的生活。就是因为太坚强，才做不了别人的另一半。你跟格雷格虽然结婚了，可你俩却好像各过各的生活。”他凝视着劳伦，眼神里充满了担忧，“我知道你跟格雷格走到头了。可以说，我不同意，我也丝毫不希望你俩这样。但是，事情已然这样了。”他咽一下口水，一脸痛苦的表情，“劳伦，宝贝，我不想让你一辈子一个人过。”

劳伦没想到他会为此苦恼。她以为他在生她的气，结果他却一直在为她担心，为她失败的婚姻而难过。

劳伦不知该如何安抚他焦虑的心。可眼下，老卢却给了她一个开口谈论他感情生活的好机会，这机会简直千载难逢，不抓住的话可要悔死了。她拿起老卢手中的蒸米饭餐盒，往他盘子里填了两勺。“你一定会觉得有趣。”说着又把其他的外卖餐盒都摆好，好让它们夹起来方便，还得让老卢能够得着，“最近，我也一直在想同一件事，不过是关于您的。”

老卢靠在椅背上，两手垂下来，一声不吭。

“我发现，诺玛·琼最近常来啊，”进入话题，“她不经意间提起她一直在给您打电话。”

老卢紧绷着的脸放松了下来，嘴角扬起微笑，眼睛里光芒闪烁。

“她说她想约您出去，都约了好几次了。”

“哦，”老卢摆摆手，“她没别的意思。”他伸手拿起盛牛肉的餐盒，“她只是对老人家比较友好。”

“我听说的可不是这么回事。人家是对您动了真心了。”

老卢低下头，几乎快贴到胸口了，两个脸颊泛起红晕，“劳伦，诺玛·琼是位可爱的女士，但是对我来说，她太年轻了。”

劳伦咧开嘴笑起来，“她可没这么觉得。”

老卢把酱油撒到牛肉和西兰花上，又把酱油瓶盖盖好，放回桌上，“宝贝，你妈妈是我一生的挚爱。她完美无瑕，哪哪都好。我们在一起很要好，非常要好。这种情感不会再来了，一生只有一次。”

听老卢讲着他对母亲的忠贞不渝，劳伦的心都要融化了。他们的爱真切而实在。曾几何时，劳伦也用同样的话形容过她与格雷格之间的感情。真切而实在的爱。

“从我遇见你妈妈的那一刻起，”老卢轻声说着，“我就知道，离开她我活不下去。”

他眼中隐约有泪光闪烁，劳伦把手放到他的掌心。

奇怪的是，此时此刻，劳伦的脑海中清晰地映入了格雷格的身影。他们刚开始约会那会儿，劳伦爱上他的理由之一便是：格雷格即使离开劳伦，他也能活下去；而不是离开她，他就活不下去。格雷格有自己的希望，有自己的梦想和目标。那时，他跟他父亲一起经营五金店，他的木工生意也渐渐做起来。他愿意给劳伦自由空间，让她完成学业。即使结婚以后，他也不会对她横加干涉。劳伦有足够多的自由时间去做她的工作，跟客户吃晚饭，参加社交会议、参加研讨会，还有各种各样的会，对此，格雷格没有半句怨言。他有他的兴趣爱好，而她有她的，这种方式别人行不行得通暂且不论，反正对他们就很管用。

反正，曾经管用过。

老卢说她太独立，太坚强了，这番声讨让劳伦疑惑起来：这么多年来，她是不是一直都是错的？是不是格雷格对她还有别的需求？假如她对婚姻能再投入一点，在丈夫身上花的时间再多一点的话，是不是他们的婚姻就不会走向分崩离析的下场了？

“好了，别为我伤感了。”

老卢深情地握住她的手，她恍惚了一下，眨眨眼睛，从记忆中回到现实。真是难得啊，卢·汉克维克居然还有这温柔的一面。

“我说起你妈妈，你是不是伤心了？”

“哦，没有，”劳伦宽慰他说，然后坐直身子，把筷子又捡了起来，“我喜欢听你讲你们相爱的故事。”她用筷子戳着自己盘里的蔬菜，快速理清脑袋里凌乱的思绪，又回到刚才的话题，“爸，跟诺玛·琼出去吃晚餐不代表你背叛了妈妈，背叛了你们共同拥有的东西。”

“哎，劳伦。”他夹起一片西兰花放进嘴里，咀嚼起来。

“听我说一句，好吗？你得走出这个房子，到外面去。你一天到晚地坐在这里，无所事事——”

“我的事多着呢。”

“别生气，爸，”劳伦笑了笑，然后打趣道，“刚才您对我的生活发表了您的高见，我可一直听着没还嘴啊。”

老卢没再吭声，不过，他显然不喜欢保持沉默。

“说不定，您跟诺玛·琼在一起会很开心的，”劳伦说，“多些朋友挺好的啊，您可以跟她一起做事情，一起出去玩。”她夹起一片蘑菇，“你自己一个人太久了，爸。”

“行了，行了，”他粗声粗气地说，“咱能不说这事了吗？”

“您至少考虑一下诺玛的提议嘛！要是您答应的话，我就不说了。”

老卢舀起一勺牛肉和米饭，叹了口气，“我想想吧。”

劳伦笑了起来，“这就对了！”

“那你也得想想我说的话。”

劳伦把蘑菇送到嘴里，点点头。知道老卢深爱着自己，关心着自己，她瞬间感觉心里暖暖的。是啊，他是真的真的在乎她。

老卢把空叉子搁到自己的餐盘上，“看到你最近心肠软了那么一点点，我很欣慰啊。”

劳伦愣愣地看着他，一头雾水。

“以前啊，只要格雷格搭上点儿时间无偿帮助别人一下，你就气得跳脚——”老卢往米饭里倒了好些布朗沙司，搅拌起来，“——可你现在不也做着同样的事嘛。”

劳伦放下筷子，一头架在餐盘上，一头搁在桌子上，又伸手拿起一杯红酒，“您在说什么呀？”

“诺玛·琼都跟我说了。”老卢一边嚼着菜，一边轻声笑着说，“你雇了那个姓肖的小伙子到仓库那边干活儿，让他把他父亲付给你的钱再赚回去。要是这都不算做慈善，我就不知道怎样才算了。”

劳伦突然觉得后背僵了一下，差一点把红酒洒到桌布上，“那完全是两码事。”

“哦，哦，哦，”老卢朝她晃晃食指，“你老爹洞若观火，你就别嘴硬了。”

说完他哈哈大笑起来，劳伦的眼睛越过酒杯怒视着他。

是的，他爱她，关心她，在乎她。

可他还喜欢打听有关她的事，一丁点儿都不肯放过。

11

唯上智与下愚不移。

——孔子《论语·阳货篇》[1]

“年轻人，我可不想再在法庭上见到你，”法官说道，“听明白了吗？”

“嗯，明白。”小斯科特点头如捣蒜，“我不会再惹事了。我保证。”

“肖先生，我可记着你这句话呢。如果违背承诺，小心有你

① 孔子认为人的性情大都是可以改变的，只有上等的聪明人与下等的愚笨人才是不可改变的。最聪明的人不需要改变，因为他认为他已经是聪明的人了。最愚笨的人也不需要改变，因为他认为他自己愚笨，改变不了。只有认为自己不聪明，但又认为自己能改变，而且坚信能改变的人，才能改变。

受的。”欧文斯法官重重地敲了一下法槌，“休庭。”

劳伦把散开的文件材料拢到一起，在桌上掇齐。

“真谢谢您了，弗林太太。”小斯科特说，“多亏您的帮忙，还有建议。我，我之前还犹豫要不要请您当我的律师呢，简直太傻了。”

听到这个年轻人发自肺腑的谢意，劳伦冲他微微一笑。

老斯科特之前一直坐在旁听席上，这会儿朝他俩走了过来，“劳伦，法官说会移交特儿的案子是什么意思？我是说，斯科特的案子。他应该没什么麻烦了吧？”

“只要他不去招惹就行了。也就是说，别再惹麻烦。欧文斯法官把他的案子转移到了保留待审区。”劳伦把文件塞进公文包，啪的一声把包合上，“保留待审区都是些沉睡案件。”劳伦边说边快步向门口走去，老斯科特和他儿子跟了上去。劳伦看了一眼走在她右边的小斯科特，“你的案子会在保留待审区放一年。这一年内只要你不违法，便自动销案，然后就什么事都没了。”

小斯科特一听高兴地把双拳举过头顶，像一个打了胜仗的拳击手，老斯科特则在一旁扶着门让儿子和劳伦先过。

“可一旦犯了法，”劳伦警告他，“不管什么法，都会在你的罪名上外加一条扰乱治安和拒捕。”

小斯科特放下拳头，收起了笑容。

劳伦按了电梯按钮，“对，就是这么严重。所以，最好注意一下你的言行举止，斯科特。”

“一定。一定。”

三人走进电梯，电梯门缓缓合上。

“你刚才的表现真是太出色了，”老斯科特对劳伦说，“你据理力争，把特儿扛着那个充气玩意儿在大街上晃荡说得跟吃饭喝水一样正常。”

“这是我分内的事。”劳伦把公文包换到另一只手上。

老斯科特看着儿子，一脸严肃地撇撇嘴，“特儿……斯科特，你可别再惹事儿了，儿子。听到没有。”

这话劳伦听了蛮开心的，看来老斯科特听从了自己的建议，正努力纠正喊儿子小名的习惯呢。

“我保证不会再惹事了，爸。”小斯科特一本正经地说，一转脸又嬉皮笑脸地跟劳伦说，“您质问那个家伙，让他心甘情愿承认自己也会拿着一个五英尺的小鸡鸡在大街上晃荡的时候，真是太帅了。而且你竟然都没有笑场。估计那家伙的头都要炸了。”

“你说的‘那个家伙’是助理州检察官，”劳伦对小斯科特说，“我让他在法官面前出了丑，他肯定很不爽，我原本也没打算这么做，可谁让他把你说得像个电锯杀人狂一样，其实你不过是个犯了点小错的大学生啊。”劳伦说着把散下来的一缕头发别到耳后，“这要是别的官司，估计我就死翘翘了，就算是欧文斯法官主审也赢不了。要是再碰上个男法官的话，我敢肯定他会让我吃不了兜着走。”

电梯门开了，三人走出电梯，来到大厅里。

“爸，我得走了，赶时间。”小斯科特说。

老斯科特似乎有些失落，“我还想着带你们俩去吃午饭呢，庆祝一下。”

“我还有课。对不住了。”小斯科特看向劳伦，“再次谢谢您了。谢谢您做的一切。”

“不用谢了，斯科特。周六你会去仓库干活儿吧？”

“当然啦！”说完，小斯科特大步流星地朝门口走去。

劳伦看着小斯科特离开的背影，这时，从他前面的双层玻璃门里，走进一个高个子的红头发女人，劳伦觉得很是面熟。等那个女人抬起头时，劳伦会心一笑，原来是乔·利·斯特普尔顿。她在前厅那块大牌子面前停了下来，在看楼层指示。

“好了，好了，好了。”老斯科特用唱歌般的滑音腔调说道，“看样子只能我们两个一起吃午饭了，弗林女士。怎么样？我能带你到街对面吃顿大餐庆祝庆祝吗？”

劳伦看着老斯科特英俊的脸，那双蓝色的眼睛里满是愉悦的期待。

“真抱歉，斯科特。”劳伦扫了一眼手表，“我得回办公室去。”

越过老斯科特的肩头看过去，劳伦发现乔·利朝通往负一层的楼梯间走去。

“劳伦，说实话我真摸不透你。你是我见过的女人中最难以捉摸的。喜欢我，不喜欢我。喜欢我，不喜欢我。真想买朵雏菊，揪花瓣来卜算一下你的心意。”幽默的声音里有掩饰不住的酸楚。

是啊，劳伦给人家的信号似乎复杂了些。表面上，听到他的赞美，她会报以微笑，只不过他们的调情则仅限于纯粹的娱乐。而在她的心里，劳伦知道，是他让自己找回了自信，让自己欲望重燃。

“斯科特，真的很抱歉。之前就想说，因为我当时是你儿子的代理律师，所以不太合适跟你出去约会。”可自打两人一起在仓库干过活儿之后，劳伦觉得也许老斯科特就是帮她开启新生活大门的那个人。那么，她为何还在回避这个男人的殷勤，拒绝他的邀请呢？

“现在案子已经结了。”

劳伦点点头。“对。”后面的话到嘴边又咽了回去，劳伦也不知道为何不想再往下说了。

老斯科特赶忙问，“那我起码可以陪你走回办公室吧？”

劳伦抱歉地苦笑了一下，“太不好意思了，我刚看到一个老熟人到楼下去了，我想过去跟她打个招呼。”劳伦退到电梯里，按了负一层，“不过我有你电话。”

老斯科特显然没料到劳伦会这么说，表情瞬间晴空万里起来，

“你会打给我吗？”

没等劳伦回答，电梯门便关上了。

***

“嘿，您好，”劳伦边说边走向前面的那位高个子红发女人，“是不是迷路了。”

乔·利转过身来，“劳伦！”她们相互拥抱，乔·利低声说，“你气色真好。”

“你也是啊。”

乔·利朝她笑笑，表示谢意，坦言道，“我确实是找不到路了。”

“法院就跟我家似的。我来帮你指个路吧。”

“我想去申请营业执照。”

劳伦指了指东边，“营业执照和许可证在那儿办，左手边第三个房间。”

“多谢，多谢。你最近怎么样啊？”

“还不错，呵呵。”说到这儿，劳伦的笑容顿时僵硬了。还能说什么呢？说我老公经营不善，差点儿让我变成穷光蛋？说我快气疯了所以跟他离了？说我爸搬过来跟我一起住了？说我单身太久现在都不记得在男人面前脱光是什么感觉了？

“我一直都还不错，乔·利。你呢？”

“我挺好的，劳伦。真挺好的。”乔·利把提包挎到肩上，“吉姆死的时候，我以为这辈子都完了。”

劳伦伸出手摸摸乔的手臂，“吉姆的事我听说了。真遗憾。”

乔·利眼睛里流露出感激的神色，“好在我和特蕾西都熬过来了。特蕾西是我女儿。我们现在过得挺好的。”乔的笑容舒展开来，“劳伦，我现在正准备创业，开一家日托中心。用大黄蜂做主题，打算把名字起成‘婴嘤日托’。”乔熟练地把手伸进挎包的侧兜，拿出一张名片塞给劳伦，“你瞧，那第一个‘婴’是‘婴儿’的婴。”

名片左上角有一只胖胖的黑黄相间的大黄蜂，憨态可掬，正冲着人笑。旁边用大写印刷黑体写着日托中心的名字。

“真可爱！”劳伦赞叹道。

“我要美梦成真了，劳伦。我一直想开一家来着。”乔·利笑得更加灿烂了，嘴巴恨不得咧到耳朵根了，“格雷格现在正帮我呢。要不是他，估计我这日托都开不起来。”

劳伦点点头，“他跟我提过现在在帮你做事。”

乔·利似乎松了口气，“你们现在见面还能一起聊天真是太好了。好多人离了婚就变成陌生人，各走各的了。”乔又冲她笑了一下，“不说这个了，格雷格正在翻修我的三个车库。彻底来个大翻修。他还帮我安了空调暖气管道、保温隔热层和墙板。”

劳伦突然觉得很滑稽。格雷格说他只是帮乔·利往家里安一些柜子而已。他为什么要把帮乔开日托中心这么大的忙说得那么轻巧？

“他还帮我建了一个小卫生间，劳伦。他可真能干。”乔·利显然越说越兴奋，激动地得快要原地跳起来，“而且这些我不用花一分钱。谁能想到啊。”

劳伦惊讶极了，仿佛冷不丁被人一拳打在肚子上，一下子喘不上气，完全不知该如何回应。

丁零，电梯铃响了。门一开，里面走出五六个人。劳伦和乔·利只好避到走廊边上。这群人来得正是时候，刚好打断她俩的对话，劳伦好趁着这个当口理理头绪。难怪格雷格不愿跟她多说在乔·利家干活儿的事。瞧瞧，格雷格永远把别人的需求放第一位。当然，是该有人帮帮乔·利。她一个寡妇要创业肯定不容易，但格雷格就不能少收一点儿钱吗？非要一个子儿都不收吗？就因为他总是白白帮人干活，他那家店才倒闭的。这个人就不能长点儿心吗？

等电梯里的人都走光了，走廊里只剩她们两个，乔·利对她说，“劳伦，格雷格跟我说你们已经彻底离了。”

劳伦点点头，抿了一下嘴角。全世界似乎都把离婚当成一件倒霉事儿，一定要先对当事人的不幸表示沉痛慰问，然后再说一番鼓励的话。自从她跟格雷格打离婚官司以来，她见到的每个朋友、每位同事都想对她报以同情。来吧，劳伦已做好准备迎接乔·利的深情慰问了。

乔·利迎上劳伦的目光，“那你不介意我和格雷格交往吧？”

***

“她是我的一个高中朋友，”劳伦对诺玛·琼解释道，“来法院申请营业执照。”

劳伦回到办公室时，已经有几个客户在等她了，所以一直忙到现在，她才有功夫跟诺玛细说自己无意中碰到乔·利的事。劳伦瞥了一眼挂钟，已经过了下班时间了。

诺玛把一份卷宗放进柜子，合上抽屉，“她打算做什么生意？”

“开家日托中心。她可兴奋了。”劳伦凝视着房间远处，皱起眉头，“乔·利气色不错，真的挺不错的。”

她的气色岂止是不错，劳伦心想。她很开心。说她欣喜若狂也不为过。她们俩聊天时，乔·利的笑就没停过。

“劳伦，宝贝儿。”

劳伦眨眨眼，从思绪中回过神。

“你一直在说这位朋友的好话——”诺玛·琼用食指挑逗地勾了一下劳伦的下巴，“——但我怎么感觉你说得挺违心的？”

这玩笑本是想哄劳伦一笑的，但劳伦却怎么都笑不起来。

“格雷格骗了我，你知道吗？”劳伦说。她向诺玛·琼解释，格雷格口中说他帮乔·利干的活儿跟自己今天下午听乔说的根本对不上号儿。

听完劳伦的解释，诺玛·琼十分不解，撇撇嘴问道：“你干吗那么在意格雷格为那个女人做了什么？”

劳伦摇摇头，“不是在意。”起码劳伦希望自己并没有在意。不，不，她敢肯定自己绝对没有在意，“用乔·利的原话说，这些她都‘不用花一分钱’。”

这些话听起来就像磨砂纸一样粗刺刺的让人不舒服。

诺玛似乎立即明白了劳伦的心情；她微微侧过头，垂下肩膀，双手埋进两腿之间。

“我以为破产能给他点儿教训，”劳伦平静地说，“我原本以为五金店没了之后他能有所改变，诺玛。他什么都没了，事业、家庭、婚姻，一切。”劳伦心里五味杂陈，缓缓地摇着头，说不清到底是生气还是难过。“那个人愿意给别人无偿奉上自己的手艺，就算自己住仓库也不打紧。我真搞不懂。”

“你不是把他撵出仓库了吗？”

“对，没错。”劳伦从桌上的杯子里抽出一支铅笔，摇摇头，“我就是想说他天生就是吃苦的命。还跟我说已经找到了住的地方，可据我所知，那辆卡车便是他的住处。”

“得了吧，他才不会那么做。”电话铃响了，诺玛·琼竖起食指，做了个暂停的手势，“等我接个电话。”说完快步走到接待室。

劳伦把那支黄色的铅笔放在两个手掌中慢慢地搓来搓去。也许诺玛说得对。格雷格是不会住卡车里的。但她之前不也没料到格雷格竟然甘愿窝在仓库里嘛。

一想到格雷格还在继续免费帮别人干活儿，劳伦就气得要死。没错，格雷格总是有副热心肠。总是设身处地去帮助那些需要帮助的人。乐于助人并没有错，但他总该考虑一下自己的幸福，自己的经济能力，还有自己的未来呀。

劳伦把铅笔插回杯子里。她只需记住一点：无论格雷格如今住在哪里，无论他做了什么工作上或者事业上的决定，都跟她毫无瓜葛，不需要她来操心。

劳伦抓着扶手，把椅子往后一推，起身走到窗边，盯着暮色中的停车场发呆。

“那你不介意我和格雷格交往吧？”

这个问题让劳伦大吃一惊。她支支吾吾起来，内心的情绪如同开了闸门的洪水般泛滥开来，她不知该如何是好。

劳伦只把乔·利当成许久没有联系的朋友那样一起聊聊天，可一转眼，这个女人竟变成了她的竞争对手。劳伦心里既渴望，又患得患失，弄不清自己是嫉妒乔·利，还是气不过，气不过格雷格把他们过去共有的一切都抛到了脑后，拔腿迈向自己的新生活，而这个新生活里却再也没有她的位置。

阴郁的情绪相互交织着，像一只失了控的气球在劳伦心里不断膨胀，膨胀，直到她完全泄了气。最后，她只好勉强冲乔·利挤出一个微笑，跟那个女人保证，只要他们两个愿意就好。

心烦意乱让劳伦变得六神无主，直到现在还回不过神来。

让格雷格搬出去的是她，逼着格雷格离婚的也是她。这不正是她想要的吗，见鬼。她才不在乎格雷格有没有跟别的女人约会呢。难道不应该约会吗？格雷格现在可是一只自由的小鸟。他们两个谁也不必成为谁的羁绊。

可乔·利的问题为什么会让她抓狂呢？

光是想想这件事就让劳伦觉得心头黑云密布，透不上气。她不愿意去想——不让自己去想。实际上也没什么好想的。

劳伦从窗边回过身，走到陈列卷宗的柜子旁，拉开标有 S-T 字样的那层抽屉。她的手指快速翻过一个个塑料标签，找到斯科特·肖的卷宗。她抽出那个马尼拉文件夹，飞快地浏览着那些表格和手写的笔记资料，终于发现了她要找的信息。

老斯科特的名片。

“你还好吗？还要聊聊吗？”诺玛·琼迈着轻快的步子回到了劳伦的办公室。

劳伦把那张名片攥在掌心，偷偷地塞进裤兜里，把小斯科特的卷宗放回原处，关上了抽屉。

她为什么要这么做？给老斯科特打电话有什么见不得人的？诺玛·琼是她的朋友，她的死党。要是知道劳伦打算给那个男人打电话，她一定第一个大声欢呼。

自己这一反常的举动倒把劳伦吓坏了。然而，她并不打算向诺玛泄露自己的计划。

“我没事，”她对诺玛说，“还好。多谢你听我说了那么多。我现在没事了。哪怕格雷格一辈子都挣不了一分钱，我也不在乎。”然后话锋一转，问道：“谁来的电话？”

诺玛抬手将一小撮并不算长的头发别到耳后，棕褐色的眼睛神采奕奕，“老卢。我今天吃午饭的时候给他打了个电话，想请他明天和我一起去儿童群益会。我几乎每周六都在那儿做义工。他们建了一个新电脑中心，缺人去教那些孩子怎么操作。我估计这事儿挺合你爸心意的。”

劳伦发自内心地露出了一个灿烂的笑容，“一定非常合他心意，诺玛。你想得真周到。”

“要是我们半路去吃个煎饼的话，那也算不上是约会。顶多算是吃个早餐而已，对吧？”她冲劳伦飞快地挤挤眼。“我总会有办法让他答应跟我出去的。”

“不好说耶，诺玛。我跟他说过让他多出门活动活动，但他从来都不听。”

“嗨，我的话他会听的。”诺玛双手扶在她紧实的屁股上，“我会让他嗨起来的，他需要好好滚个床单了。”

劳伦瞪了她一眼，“诺玛！”边笑边夸张地用手捂住耳朵，“我不听，我不听。”

诺玛咧嘴乐了。“别害羞嘛，劳伦，”她打趣道，“老年人也有生理需要哟。我们的火力说不定比年轻人还旺呢。好吧，也许没有年轻人旺，但绝对赢得过中年人。”

想想自己，很久没有性生活了，劳伦只好承认，“这个我信。”过了一会儿，她说，“要说谁能让我爸出趟门，诺玛，除了你没别人。要知道，我爸真的超级喜欢吃煎饼。”

诺玛·琼的笑容简直比阳光还明媚，“是吧？我对男人的直觉准得要命。”她们一起笑了起来。诺玛说：“劳伦，要是今天没什么事我想先回家了。这周终于过完了。今晚想舒舒服服地泡个热水澡，早点睡。我得先好好睡上一觉，明早才有力气对付你老爸。”

“别太下功夫啊。”劳伦开玩笑道，“他膝盖不太好。”劳伦轻轻挥了挥手，“你先走吧，我来锁门。”

诺玛走后，劳伦开始一个人收拾办公室。她把白天从书架上抽出来翻阅的法典放回原处，又查了一下电子日历，确定下周的出庭安排，然后把那些卷宗放进公文包，这样可以趁周末把它们读完。劳伦在手提包里摸索着钥匙，耳畔再次回响起乔·利的声音。

“那你不介意……？”

一股热流涌遍了全身，心中好像打翻了五味瓶，各种滋味强烈地碰撞着，久久不能平息。

一幅幅画面闯进她的脑海。劳伦把指尖放在太阳穴上，狠狠地揉了几下，却怎么都赶不走她和格雷格第一次见面时的情景。

那是八月的炎炎夏日，骄阳似火般炙烤着大地。劳伦从大学回到家里过暑假。她刚读完了法律预科，而且在法学院入学考试中取得了很好的成绩。申请的五家法学院里有三家都向她伸出了橄榄枝。一切都那么美好。

一天，劳伦去了朋友家，准备在她家的泳池边上懒洋洋地躺上一天。那儿有好几个女大学生，全都穿着暴露的比基尼，正在聚精会神地讨论着未来的职业规划和人生目标。这可是些认真对待未来人生的姑娘。

通往泳池更衣室的门卡住了，朋友的父母便雇了一个木匠来修门。其他女孩都没怎么留意这位黑头发黑眼睛、在热浪中汗流浃背的年轻人。也不是没留意。她们倒是看到了他，只不过，她们是不会对这种穿蓝色牛仔裤和工作靴、靠干体力活儿为生的男人感兴趣的。

但格雷格的动作似乎有某种魔力，他手拿刨子的样子，他指尖划动的样子，他测量检查木料的样子，他在门板上敲敲打打的样子，一举一动都吸引了劳伦的注意。她躲在一副精致的大太阳镜后面，一直看着他，看着他一丝不苟地干活。

夏日的骄阳炙烤着泳池周围的水泥地。劳伦胸前渗出豆大的汗珠，顺着肚子一滴滴滑了下去。她几乎什么都没穿就已经热成这样了，可以想象格雷格穿着棉 T 恤、牛仔裤还有厚厚的工作靴会有多热。劳伦从躺椅上起身，去冰柜里拿了一瓶冰水。朋友们看着她轻轻地走过水泥地把水递给了那个修理工，一个个全都惊呆了。

劳伦和格雷格只简单聊了几句，说了什么早就忘了。但格雷格很感激她，这一点劳伦记得清清楚楚。他那双深邃的黑色眼眸中流露着感激。劳伦准备走回躺椅的时候，格雷格轻声叫住了她，“嘿。”

劳伦记得自己转过身面对着他。

“有空我能请你吃顿饭吗？”他问。

“好啊！”她回答。当然再好不过了。

格雷格听完嘴角露出微笑。

劳伦用手搓搓脸，拢了拢额头前面被汗沾湿的刘海。

“不，劳伦，”她对自己大声说道，“不！”她坚定地重复了一遍，继续说道，“你才不在乎格雷格跟乔·利交不交往呢。”

她从兜里掏出那张名片，把它放在办公桌上。那张米白色的长方形小硬纸片在深色樱桃木的映衬下格外显眼。

老斯科特被她晾得够久了，是时候重启约会模式了。劳伦拿起电话，摁下那串号码，电话那头传来嘟嘟声。

格雷格已经开始新生活了。她不应该为此感到烦心，也不会为此烦心。这很正常，也很自然。

是时候开启自己的新生活了，她想。

12

多少人出去约会，只因他们懒得自杀？

——朱迪·泰努塔[①]

劳伦站在卧室门后的穿衣镜跟前，仔细打量着镜中的自己。裙摆刚好及膝，优美的小腿曲线一览无遗。合适的剪裁尽显小蛮腰。皮肤在红裙的映衬下也格外白皙。这条裙子完全贴合劳伦的身材曲线：紧实丰满的胸脯，平坦的小腹，紧致的臀部。劳伦对着镜子轻快地转了几圈，裙摆在大腿四周舞动起来。她仔细打量自己的上半身：细细的吊带凸显出她修长的手臂，胸前是一个钥匙孔型的领口，乳沟呼之欲出，完全不需要文胸的修饰。

---

① 朱迪·泰努塔出生于 1956 年 11 月 7 日，演员、编剧、制片人、导演，代表作品有《猛男营》《情迷安东尼》《深喉 2》等。

裙子真是美艳性感。这装扮是要把男人的魂勾了去啊。

他们会迫不及待地拜倒在她裙下。

劳伦沮丧地叹了口气，猛地拉下后背的拉链，褪下这团糖果色靓装，把它扔在床上。

她当然渴望今晚能来场鱼水之欢，可这毕竟是她和老斯科特的第一晚约会，怎么好跟他传递这样的信息呢。说什么也不能把两人的关系一下子拉那么近。

半个衣橱的衣服已经堆在床上了。她又走向衣橱，看看还有什么可穿的。她从衣架上取下一条黑色及膝的包臀裙，套了上去，又挑了一款蕾丝文胸，上身搭一件简单的白衬衫，然后一边扣好最后一粒扣子，一边转身走回穿衣镜前。

看上去像个图书管理员……或是准备出庭的律师。劳伦叹了口气，赶忙脱下整套衣服扔在床上。床上的衣服已经堆成小山了，高度却还在不断增加。

她到底怎么了?

劳伦在床上坐了下来，拳头托着下巴，气呼呼的，头发披散在肩头。

她当然知道自己哪里不对劲。紧张，让她口干舌燥。得有多少年没跟格雷格之外的男人约过会了啊。

老天爷，到底有多少年了?

她在心里默默地算了一下。分居一年，结婚十二年，结婚之前谈恋爱四年，而且四年里只跟他一个人谈过恋爱。

十七年了。十七年前她还是个少女呢。

成年人该怎么约会？

想到这儿，劳伦不禁皱起了眉头，自言自语道，“别犯傻了。”

能有多难？在餐厅见个面，吃点儿东西，聊聊天，你说我笑，不就大功告成了嘛。

“约不约得成还是个问题呢，”劳伦嘟囔着，“现在连穿什么都挑不出来。”

劳伦硬着头皮回到衣柜前，翻出一件年头久远却像奥黛丽·赫本一样经典的裙子。那是条深紫色丝绸裙，紫里透着黑。她把头钻进小礼服里，裙子一贯而下。

迈出约会的第一步既重要又必要。若是应了老卢的那句话，她果真存在“太独立”的问题，若是还有的救，那么跟老斯科特约会便是问题的正解，或者说，至少解题思路是对的。劳伦都还不确定问题到底存不存在。想到这儿，她困惑地笑了起来，快速拉上裙子拉链，走向穿衣镜。

完美。裙子很漂亮，典雅又大方。既能突出她的优点，又不会太过性感。第一次约会穿这条裙子真是再合适不过了。但为了保险起见，出门前还是要先听听她爸的意见。

劳伦换上一双黑色鱼嘴高跟鞋，拿起一个黑色手拿包，准备就绪。离开房间之前，她又停下片刻，用手指拢了拢头发，检查了一下自己的妆容。

“你知道自己在干些什么，对吧。”她看着镜子里那个紧张兮兮的金发女子说道。太久没有跟人约会了，真不知道接下来会出什么状况，她不住地担心起来。工作中的她，喜欢把要做的事、要说的话都提前规划好，偏偏碰到约会这个未知领域，想提前彩排都无从下手。算了，硬着头皮上吧，尽管这不符合她的一贯作风。

约会也不能算完全陌生，劳伦坚定地告诉自己不会有事的。

劳伦又长叹了一口气，然后走出房门。乱糟糟的衣柜只好等回来再说了。

此时的老卢正窝在那把破旧的绿色安乐椅里轻声打鼾，电视里主持人在喋喋不休地说着当地某支球队的事。他今天准是被诺玛·琼和儿童群益会里的那帮孩子给累着了。下午回到家时，他虽然嘴上抱怨那群孩子没大没小的，可劳伦看得出来，他心里还是很开心的。

就让他在那儿打个盹儿吧。他肯定是不想让她出去的，尤其是出去跟男人约会，况且那个男人还不是格雷格。唉，说知道女儿和前夫之间已经结束了的是他，说不想看着女儿一个人过一辈子的也是他，可一直以来让劳伦颇为头疼的还是他。就算你按照他的建议做事，他也还是会冲你发牢骚。做他女儿这么久，劳伦早已摸透他的脾气了。正所谓江山易改，本性难移。

劳伦写了张便条放在遥控器上，位置很是显眼，他醒了就能看到。放了字条，劳伦拿起钥匙朝门口走去。

“晚安，爸。”她轻声说道。门关上了，她的心还在扑通乱跳。

***

“你那里都有什么？”劳伦问道，眼睛朝桌子对面老斯科特的盘子里望去。餐桌上烛光闪闪。

“我看看啊。”老斯科特拿叉子拨了拨那盘沙拉，“生菜、烤甜菜、焦糖核桃仁，还有蓝奶酪碎粒。味道不错。”说完他轻声笑了起来，“我有个女下属，叫盖尔……她一吃这种奶酪整个人就会肿得像个气球。她会过敏。”他暗自笑笑，往嘴里又送了一口沙拉。

劳伦不知道该怎么接这句话，所以干脆什么都没说，叉起一些沙拉盘里摆得很漂亮的辣味芝麻菜和野山菇，用力咀嚼起来。

“你今天见到斯科特了吗？”老斯科特问。

“见了。我走的时候他正好赶到仓库。不过不知道他在那儿待了多久。”劳伦把一个小胡萝卜扒到盘子一边，“那人也来了，做喷绘的那个。他挺好相处的，而且懂得很多。我们谈好了价钱——我很乐意付他一笔大价钱。他把其中一匹马拿走了，说是要带到他的工作室去，下周会还给我。”

老斯科特听罢笑了笑，点点头，这便算是回应，然后继续埋头吃起来。

闲聊嘛，大家每天不都在闲聊嘛。两个人凑在一起，找一个你来我往的有趣话题，一场闲聊就有了。聊什么不行啊，蓝天、艺术、娱乐、文化、体育、时尚……说都说不完。劳伦以前从来都没觉得自己笨嘴拙舌，可今天晚上，她一直在艰难维系两人之间简短的对话，实在太折磨人了。

听听周围，查理餐厅酒吧的顾客都在开心地聊天。今年夏天，斯特林市前卫热闹的东区开了这家高档餐厅。劳伦是从诺玛·琼那里听说这家餐厅的，其实何止餐厅，市里大大小小的消息哪个不是从她那里听来的。这家餐厅主打“带有英式古法魅力的美式新菜肴”。的确，餐厅里处处充满了英式魅力。摇曳的烛光映照着四周的灰泥墙，空气中缓缓地流淌着轻柔的爵士乐。如此美味的食物，再加上舒适怡人的氛围，劳伦应该很享受才对。可非说实话不可的话，她只能说，比起享受，她的感觉恰恰相反。

问题似乎在于，她和老斯科特之间没什么可聊的，或者两人都不太会聊天。好吧，他们已经很努力了。两个人都尽力了。可劳伦发现，她每次挑起的新话题最终都会草草收尾，着实让人有些许不安。劳伦得出的结论是，他们两个都是工作狂，都太关注自己的工作了，根本没时间看名著、品音乐，或是欣赏最近热映的大片儿。

两人之前的短暂相处还没什么问题，比如在办公室或法庭上。但那时的交谈大多围绕他儿子还有他儿子的案件。再有就是那个周六早上的仓库一遇，他们相处得也很愉快。劳伦记得当时的气氛一点儿都不尴尬，她甚至很愿意听他谈论工作上的事。也许这样想会有些傻，可劳伦还是忍不住怀疑，那天早上那么短的时间里，他们俩是不是已经把能聊的全都聊完了？

劳伦把叉子放在沙拉盘子上，身子向后靠了靠，把亚麻餐巾从膝头拿起来，擦擦嘴角，餐巾硬邦邦的，好生粗糙。她又把餐巾放了回去，笑了笑，决心鼓起勇气再试一次。

“这家餐厅真不错，你说呢？”

老斯科特点点头，“我有没有跟你说过，这儿的老板雇我们公司来处理他们的保险业务？”

“嗯。嗯，说过了。”劳伦把喉咙中的那声叹息咽了下去。在吧台上喝鸡尾酒的那半小时里，他就已经跟劳伦说了两次了。

“那我说没说查理餐厅是我的客户？我手下的人在帮他们做事。”

劳伦微笑着点点头。她居然还能保持微笑！真为自己感到骄傲。简直和老斯科特争取到这家餐厅老板的生意一样让人骄傲。

“餐厅老板为他们的全职员工提供了——”

优质保险套餐，劳伦在心里默默补充道。

“优质的保险套餐。给兼职员工的待遇也不差。”

老斯科特开始长篇大论地解释 HMO[①]、PPO[②]，还有二者之间烦死人的细微差别，劳伦都快听成对眼儿了。一枪打死我吧，劳伦痛苦地在心底哀求。天哪，快来个人，一枪打死我吧。

劳伦边听边跑神，大脑开始拼死挣扎，搜寻出口，终于，她来到了她跟格雷格约会时的那泓记忆深潭，然后一个猛子扎了进去。

格雷格第一次带她出去的时候，他们玩得开心极了。格雷格死也不肯告诉她到底要去哪儿。他那双黑色的眼睛一眨一眨地跳着舞，那辆破烂不堪的卡车车厢里洋溢着激动人心的好气氛，劳伦觉得轻松极了。

“会很刺激的，”格雷格向她保证，“相信我。”

她当然信，她一秒钟也没后悔过。

骑马对劳伦来说是种全新的体验。看格雷格在马鞍上笨手笨脚的样子，八成也是个新手。他们骑在马背上，一路颠簸着，沉浸在一片欢声笑语中，他们穿过草原，沿着通往山顶的林间小道

① 健康维护组织（Health Maintenance Organization）是指一种在收取固定预付费用后，为特定地区主动参保人群提供全面医疗服务的体系。

② 优先提供者组织（Preferred Providers Organization），指雇主或工会提供医疗保险的组织。

前行。到了山顶，他们把马拴好，然后坐下来品尝美酒、奶酪，还有格雷格打包带来的新鲜硬壳面包。

那天的情形一直深深地烙印在劳伦的记忆中。一阵凉爽的清风吹来，吹走了夏日的闷热。太阳慢慢西沉，天空呈现出五颜六色的光晕。天空中的景象如同仙境，美得无法用言语来表达，他们只是一路惊讶着回到马厩旁。

如同仙境？好吧，也许她往回忆里添了些想象的成分。

“啊，看来你有过这种经历。是吧。”

劳伦赶忙把思绪拉回来，胸口一阵慌乱，“你说什么？”

老斯科特嘴角闪过一丝笑意。“你咧嘴笑了一下，”他说，“我以为你也搞迷糊了，弄不清该投哪种医疗保险。”

劳伦点点头，举起双手，“谁弄得清啊！”

“是啊。所以我正想办法简化这些说法、表格之类的。”

“这想法真棒！”劳伦松了一口气，谢天谢地还能为自己打个圆场。接下来的时间，她决心集中精力听老斯科特说话。

晚餐过后，老斯科特把劳伦送到她的车旁。劳伦觉得时间已经到大半夜了，她强忍着没让自己哈欠连天，可等她瞥了一眼手表才发现，两人在查理餐厅只待了不到两个小时。

“我搞砸了，是不？”老斯科特把手搭在劳伦的腰间，“我聊了太多工作的事。”

“怎么会。”他手上的温度透过她的丝裙一点点渗透进来。

“挺好的。”她说。

老斯科特听完这点评，无奈地转了转眼珠。

“真挺棒的。”劳伦改口道，说完在驾驶座的车门旁停了下来。看到老斯科特那双蓝色的眼睛里依然疑云密布，她赶忙解释说，“我今晚很开心，斯科特。”

听到她的再次确认，老斯科特终于露出了笑容。

“我们还能再一起吃饭吗？”他问，走近劳伦。

劳伦笑笑说，“好啊。”通往地狱的道路铺满了谎言，劳伦似乎听到魔鬼正在歇斯底里地嘲笑她。可是，说真话只会伤到那个男人的自尊心。

老斯科特伸出手，用手背抚弄劳伦及肩的长发，向前探了探身，“我可以吻你一下道声晚安吗？”

他轻柔的气息拂过劳伦脖子上敏感的肌肤。劳伦闻到他身上雪松的香水味，他刮过胡子的下巴十分光滑又整洁，让人忍不住想伸手摸一把。劳伦认真打量了一下他的样貌。嘴很有型，眼睛会说话，前一秒活泼欢快，后一秒又变得性感撩人，除此之外，他一笑起来脸上还有两个酒窝。

劳伦缓慢而又坚定地点点头。“当然可以。”她低声说道，百分百确定这次自己没有说谎。

老斯科特像蜻蜓点水一样亲了一下她的嘴角，然后又亲了另一边。之后他的双唇整个贴了上来，劳伦感觉一阵温暖，他的唇柔软而又湿润。他一只手沿着劳伦的脖子轻轻抚摸，指尖传来的温度让劳伦的后背和手臂都微微颤抖。另一只手伸到她的背后，缓缓地打着小圈儿，摩挲着某一小块儿肌肤。劳伦觉得整个人都要融化在他怀里了，胯部和腹部与他的身体紧贴在一起。

她内心深处的欲望之火被点燃了，她的肌肤越发敏感起来，心跳也越来越快。

他的唇挑逗着她的唇，那轻柔的吮吸让她情不自禁地想要呻吟。尽管他还比较克制，但这绝对不是一个纯洁的吻。他来回摩挲着，动作轻柔，略带迟疑，似乎想记住劳伦在他舌尖留下的余味，记住她在他唇间印下的吻痕。他轻轻啄了一下她的嘴，半天才放开，拇指缓缓滑过她的下巴。

劳伦慢慢睁开眼睛，心中有些失落，她深吸一口气。“哇哦。”她小声赞叹，“感觉很棒。”

老斯科特微微一笑，蓝色的眼睛里焕发出愉悦的神采。他帮劳伦打开车门，“晚安！”说完，他转身离去。

***

回到家，劳伦一进门就听到电视里传来的声音，看来她爸还没去睡觉。她走进客厅，老卢抬起一只手跟她打了个招呼。

“今晚清闲了吧？”劳伦问。

老卢点点头，抬起手揉揉宽阔的前额，“有一点儿头疼，但愿没染上鼻窦炎。”

“我给你拿个止疼片，再倒杯水。”劳伦看了看老卢椅子旁边胡乱堆放的报纸，又扫了一眼旁边的茶几，“爸，你是不是看报纸的时候没戴老花镜？眯着眼看久了也容易头疼。”

老卢赶忙抬手摸了摸头顶，他经常把眼镜架在头顶上，摸完又看了看膝盖和茶几，全都不见眼镜的踪影。他皱皱眉，显然劳伦对他所说的因为鼻窦炎头疼的说法毫不买账。

“我看见你留的纸条了，”他说，语气硬生生的。停了一下，又问道：“出去约会了，呃？玩得开心吗？”

劳伦感觉老卢想问的其实是更私密的问题，真庆幸他没问。劳伦用小手包轻拍着大腿，考虑该如何回答。

晚上出门前她一直紧张兮兮的，焦躁不安，她害怕踏入约会的世界。事实证明，这种担心也不无道理。老斯科特那本无聊透顶的“工作经”念得她真想痛哭一场，他应该也被她折磨得够呛。

可后来，他们在秋意浓浓的夜晚里一起走到劳伦的车旁，他送她一枚道别之吻，那吻着实让人回味无穷，遐想无限。

劳伦深深地吸了口气，朝老卢递去一个明媚的表情。“怎么说呢，”她说，“还不算太糟。”

13

我太久没做爱了，就连上次是跟谁做的都记不得了。

——琼·里弗斯[①]

“法官大人，我的当事人布兰妮·蕾妮·科尔伯特女士恳请法庭对其执行保护令[②]，以免受其夫罗伯特·沃尔特·科尔伯特，又名‘鲍勃’或‘鲍比’的不法侵害。”劳伦说道。站在劳伦身边的是布兰妮，二十五岁左右，身材薄得像纸片儿，仿佛一阵风就能把她吹倒。“科尔伯特先生及其夫人结婚已十八个月，自结婚以来两人一直在一起生活。”

---

① 美国女演员，喜剧女皇。

② 保护令（Order of Protection）是二十世纪末期英美法系国家专门为防止和制裁家庭暴力而设立的一项法律救济制度，至今已有百年历史。

布鲁克斯法官一脸和善，轻声问道，“科尔伯特夫人，能告诉我您受到了怎样的侵害吗？”

布兰妮有些坐立不安，她拉拉袖子，又把长得遮眼的灰褐色刘海从眼前拨开。两个骨瘦如柴的手腕上露出一条条已经发黄的瘀青，“法官大人，我的律师让我把鲍比的所作所为告诉您。可我不想他有事。我只想让他去看医生。你们得帮帮他。”

劳伦之前教过她，到了法庭要把实情一五一十地说出来，也提醒过她，若想获得马里兰州的法律保护，她就必须提出对丈夫不利的指控。法官的恻隐之心被她一点一点消耗掉了，如今脸上只剩疲惫，他一改刚才温和的语气，严肃地说道：

“科尔伯特太太，在我看来，您才是需要帮助的那位。我无权强迫您丈夫去接受心理咨询或药物治疗，除非您愿意控告他。否则我没法为您颁布保护令，除非您能证明这是必要的。”

布兰妮叹了口气，恳切地举起双手，“他也没有一直喝酒。鲍勃最近只是有些不顺心——”

“科尔伯特太太。”布鲁克斯法官抬起手，打断了她，“我对您丈夫的烦心事不感兴趣。今天，我们关注的焦点是本法庭能为您做些什么。”

法官看了劳伦一眼，以示警告。可劳伦除了无奈地耸耸肩，还能做什么呢？布兰妮有权花钱请律师，也有权不听律师的建议，如果她真打算让自己花出去的法律咨询费付诸东流，劳伦也束手无策。

年轻的布兰妮撇了撇嘴，“他是不让我出门。可那是因为我吓唬他说要收拾东西一走了之啊。”她语气里满是烦躁，感觉就像法庭在强迫她打丈夫的小报告似的，“他喝酒的时候我是不会跟他上床的。我在很多事上都忍了，唯独这件我绝不让步。要是他不喝高还好，一旦他喝高了，就会大发雷霆，要是能帮他解决酗酒这个问题就好了。您就不能帮帮他吗？”

“关于我能做什么，已经解释得很清楚了。”法官挑了挑眉毛，警告道，“请不要浪费本法庭的时间。”

年轻的布兰妮，她的生活似乎充满了刺激，而中年单身的劳伦，生活里所缺的就是刺激。当然，劳伦想要的不是她那种暴风骤雨般的刺激，绝对不是。可不管怎么说，晚上能时不时地出去约个会，给单调乏味的生活加点料，总是好的。

过去两周，她和老斯科特总共见了六次面。六次约会，让劳伦心心念念的就只有每晚分别前让人神魂颠倒的那个吻。每一次，那吻都会比之前的更加激情四射，更加性感撩人。此时此刻，光是想想亲吻那个男人，就能立马让她血液沸腾。

“讨论鲍比并不是浪费时间。”布兰妮坚定地说。

“法官大人，请允许我打断一下。”劳伦说。劳伦得帮衬一下她的当事人了，否则她就别想得到法律保护。劳伦拿起桌上的笔记本和钢笔，说道：“上周二，科尔伯特先生——”劳伦照着本子上念道“——推了科尔伯特太太，并且扇了她耳光。为了防止科尔伯特夫人离家出走，他还把她的双手双脚绑在一起长达几个小时。之后，科尔伯特太太自行解开绳索，逃到当地妇女庇护所寻求帮助。第二天，科尔伯特先生来到庇护所，科尔伯特太太拒绝与其见面，科尔伯特先生于是驾驶卡车撞进庇护所大门。相关人员报了警，科尔伯特先生因酗酒和寻衅滋事被警方拘留。”

今天早上，布兰妮来办公室找她时，劳伦的工作已经排得很满了。但当这个绝望的女人说是格雷格介绍她来的时候，劳伦还是接待了她，并答应陪她出庭。显然，一定是妇女庇护所的所长找格雷格修理被撞坏的大门，紧接着，热心肠的格雷格得知了此事，于是就建议布兰妮来找劳伦帮忙。

布兰妮朝劳伦皱皱眉，嘘声道，“有你说得这么严重吗。”

劳伦没理她，“就在警察把科尔伯特先生带走时，他还叫嚣会狠狠地揍科尔伯特太太。法官大人，这些话并不是科尔伯特太太对我说的，我是今早从警察局拿回一份笔录，上面记得很清楚。”

布鲁克斯法官表情严肃地瞪着布兰妮，“这是真的吗？”

布兰妮终于无法控制自己的情绪了，泪水在她眼眶里打转，“好吧。好吧，这是真的。我很害怕。我爱鲍勃，但我害怕他打我。只要他能改掉酗酒的毛病就好了，法官大人。只要他戒了酒，我们就能恢复正常生活了。”

正常生活。到底什么才算正常生活？劳伦问自己。随着时间的推移，她对于“正常”的理解也在发生改变。

在麻烦没有找上门之前，她和格雷格的正常生活灿烂而美好。没错，虽然格雷格一直忙着经营店铺，而劳伦也在打拼自己的事业，但只要两个人在一起，格雷格总能在瞬间就让她的生活充满欢乐和刺激。

两个人分开后，劳伦的“正常生活”除了工作还是工作；每天见当事人、接案子、出庭。这些倒也不赖，劳伦想。她很享受自己的工作。但那些开开心心、打打闹闹的欢乐生活——从来都不是想有就有的——自打她跟格雷格提出离婚的那天起就不复存在了。

而今，她在跟老斯科特约会，所谓的“正常生活”再次发生了变化。按说一个女人的生活中如果出现了一个新男人，她的日子通常会变得充满活力。但劳伦的生活还是无聊透顶，单调至极。不幸就在于，老斯科特约会时用的招数劳伦就算闭着眼也能猜出来。他们俩每天都要工作很长时间，所以每次见面不是在这家餐厅就是在那家饭馆，吃饭的时候也只谈工作的事。劳伦会津津有味地讲当事人的案件，老斯科特听了总是两眼放空；老斯科特则不忘念叨他那本保险生意经，劳伦听了只觉无聊得要死。

有次他们吃完饭后去看电影，劳伦才真正体会到，“吃饭看电影”这种约会模式绝对算得上世上最最无聊的事，没有之一。

黑暗之中，两个人相邻而坐，没有肢体接触，没有语言交流，又是刚吃完晚饭，所以连一起吃爆米花的乐趣都省了。劳伦想多了解一下这个男人，也想让他多认识一下自己，可不知为何，就是办不到。

劳伦和格雷格几乎没去过电影院。他们经常租碟回家看。他们喜欢看些大片，惊悚悬疑的，爱情喜剧的，总能营造出温馨而又私密的环境。格雷格会突然打电话给她，低声问："今晚全裸看电影？"简单的几个字，却透露着性感撩人的许诺，让劳伦期待一整天。想到这里，劳伦的嘴角情不自禁地扬起，过了半天，她才突然意识到自己正身在法庭。

她很怀念格雷格带给她的"正常生活"。这么想着，劳伦突然感觉浑身肌肉松弛下来，钢笔从手中滑落，咔嗒一声掉在了地板上。她弯下腰去捡，觉得有些头晕。起身时，又觉双腿无力。只是现在还没法坐回那把舒服的椅子上啊，劳伦直起身，把笔记本捧在胸前。

好吧。前夫的确给她的生活带来了很多刺激和快乐，但也没少让她头疼。虽说比起鲍比·科尔伯特对可怜的布兰妮的所作所为，不过是小巫见大巫，可还是……

老斯科特也许不是一个充满激情的人。但他很有上进心，而且事业有成。他更不会陷入困境等着别人来解救。至少，劳伦认为他不会。可是他除了谈工作就是谈工作，如果没办法撬开他的嘴，让他谈点工作之外的话题，那她永远都弄不清他到底是个什么样的人。

法槌的声音吓了劳伦一跳。

“律师，我宣布执行短期保护令，”布鲁克斯法官说，“罗伯特·沃尔特·科尔伯特不得侵害或威胁侵害、联系或试图联系、骚扰布兰妮·蕾妮·科尔伯特。从今日起三十天内，罗伯特不得进入布兰妮·蕾妮·科尔伯特的工作地和居住地。科尔伯特夫人，我希望您能利用这段时间好好考虑一下自己的处境，做一些严肃的决定。”

“我会的。”布兰妮保证道，擦去眼中的泪水。

“谢谢您，法官大人。”劳伦转身收拾自己的东西。

布兰妮在被告席附近走过来踱过去，一会儿拨弄刘海，一会儿又拉拉这只袖子，再扯扯另外一只，遮住手腕上的瘀青。她的目光飘忽不定，从劳伦移向双层门，又转向法庭的其他地方，然后又落回劳伦身上，似乎不知道接下来该怎么做，或者该往哪儿走。“也许这样可以解决我的问题吧。”布兰妮耸耸肩，“至少下个月不用担心了。”

“你丈夫会收到法庭禁令的。有需要的话就打给我。”劳伦合上公文包，心里默念着，要是每个女人的“大饥荒”都能像这样轻松解决掉就好了。

***

秋夜凉风渐起，驱散了白天空气里的闷热，却无法冷却劳伦周身的燥热，熄灭她满腔欲火。一番让人欲乱情迷的激吻过后，夜空下回荡着两人急促的气息声。

“你快把我弄死了。”老斯科特低声说，声音有些嘶哑。

“我弄死你？”劳伦一头雾水。

又一处餐厅，又一顿晚餐，又一番零零星星、索然无味的对话，劳伦又一次成功挺了过来。她对老斯科特的了解，约会之前有多少，约会之后便有多少，决不会增加一分一毫。说真的，她应该放弃才对，告诉他就此打住，不必再交往下去了。他们之间实在缺乏共同点，这段关系也全然看不到方向。不过劳伦坚信，他们至少在一个件事上是琴瑟相合的。

那就是，他们都很享受接吻的过程。

而且，老天爷，这个男人绝对是一等一的接吻高手！

“要不要去我那儿坐坐？”老斯科特问，“我可以……呃，放些音乐，然后，那个，呃，再开瓶酒。”

显然，他真正的意图（百分百也是劳伦的意图）——扒光对方的衣服，来一番床笫之欢——使他很难再想出其他的提议。

“好啊。”劳伦边喘粗气边抬起下巴，好让他的吻在自己脖颈上多停留一会儿。

老斯科特身体往后撤了一下，看着劳伦，迷蒙的蓝色眼珠里充满渴望。“跟我来。”他咽下口水，颇为费力地笑了笑，“顶多二十分钟就到了。”

不到半小时，屋里便响起了舒缓的木管乐协奏曲，咖啡桌上两杯深红色的梅洛葡萄酒还在独孤地等待着主人的啜饮，两位主角却已经亲上了，直接跳过了参观房间的环节，靠在沙发上亲热起来。

老斯科特一只手托着劳伦的脖子，另一只手在她身上缓缓地游走；先是抚摸起她的胸部，接着慢慢滑向她的腰和臀，然后开始摩挲她的大腿。劳伦觉得，老斯科特是想挑逗她的欲望，让她难以自持。

来吧，来吧，劳伦想催促他。赶快脱光衣服吧。现在，立刻，马上！

劳伦瞥见他裤子里有东西在蠢蠢欲动，她确信，她想要的也正是他想要的。但是，时间一分一秒过去了，她已经做了所有能做的暗示，但老斯科特似乎完全满足于接吻和抚摸——全然不顾两人之间还隔着那么多层衣服呢。

这算什么啊？中学生吗？

是的，劳伦已经好多年没约过会了。她又怎么知道这不是时下最‘流行’的亲密方式？说不定，如今情侣只是随便接接吻，调调情，就能达到癫狂的状态呢。

简直胡扯！情侣之间怎么可能什么都不做！短短十七年还不足以完全改变人类行为，拜托，搞什么名堂啊！这个男人到底怎么回事？

但劳伦此刻太过专注了，压根儿没注意到这个本该引起警惕的信号。她身上阵阵热浪袭过，觉得透不过气来，大口地吸着气，把氧气灌进自己的肺里。终于，她受不了了。

“斯科特——”劳伦边说边解开老斯科特衬衫上的两粒扣子，那声音连自己听着都觉得不自然，“——我们到你的卧室去吧。”

老斯科特起身，眼中似乎闪过一丝恐惧。再过一会儿，劳伦就会意识到，这又是一处她本应觉察到的信号。

“你想来点儿吗？”他问道，急切得像只欲火焚身的小狗。

他奇怪的措辞让劳伦不禁大笑起来。这话说得，好像这事儿跟他口袋里装着的糖果一样，随时随地想掏就掏。

“嗯，”劳伦回答，笑声沙哑而性感，“事实上，我想，非常非常想。”劳伦弯腰捡起方才扔在茶几旁边地板上的挎包，“而且我是有备而来的。”

劳伦把两个方方正正的金色小袋子举到老斯科特面前时，他嘴角扬起一丝性感的微笑，“你的确是有备而来啊。”

踏进老斯科特卧室的那一刻劳伦才发觉，情况有些不对劲啊。偌大的房间里，竟是些直线条、暗色调的家具，男性化得很。酒红色的厚床单铺在特大号的床上，看上去很诱人。

老斯科特松开劳伦的手，开始脱……他自己的衣服。劳伦只能尴尬地站在那儿，看着他脱衣服。就这样看了一会儿，劳伦实在不知道该如何是好，只好先把自己的鞋子脱掉。

拉开她的裙子拉链，解开她的上衣扣子，让她体内迸发的火焰燃烧起来！格雷格总能……

不！她摇摇头。此时此地，显然她不该回想前夫的事。

好吧，跟老斯科特会带给她不一样的感觉。不是非得一样才好啊，不一样也一定会很好的。她要的不就是不一样吗？

她之前特意买了几套小巧可爱的蕾丝内衣，今天穿的便是其中一套。前几次跟老斯科特约会的时候也都穿着，就是为了迎接今天这种场合。

老斯科特脱完走到床边，掀开被罩。然后转过身来，看着劳伦，两手十指交叉，手心朝外举过头顶，仿佛在做手腕拉伸运动，脸上的表情看不出是期待还是不耐烦。

“快点儿，快点儿啊。”他催促道。

直觉告诉劳伦，老斯科特对她的性感内衣丝毫不感兴趣，他的一字一句，他的一招一式，摆明了只想让劳伦赶快脱光而已。于是，劳伦脱下自己那套昂贵的内衣。

她走到他的身旁，他正埋头撕着避孕套包装。两个人没有身体接触，也没有耳鬓厮磨，一丁点儿的亲密感都没有。劳伦只觉得眼前的场景变得有几分突兀和荒谬。

老斯科特戴好了套，拉开床单示意劳伦上床。劳伦爬上床垫，把腿伸进凉爽的棉质床单，放松地平躺下来。此时若能再来上一番热吻，她一定会欲火重燃的。

老斯科特跳上床，躺在她身边，“好了，开始我们的狂欢派对吧。”

狂欢派对？从头开始？之前的劳伦从身体到心理早就准备好了。刚才在沙发上她已经欲壑难填，饥渴难耐了，可是忽然之间又变成单调的“脱衣表演”。这奇怪的断篇儿把她体内的最后一点欲望也消耗光了。

劳伦想要找回感觉，她捶了一下老斯科特的胸脯，说道，“吻我。”

“行。”他哼哼道。

他转向劳伦。劳伦发现自己彻底没了感觉。她很想唤回刚才的欲望——她紧闭双眼，集中精神——可她越是想集中注意力，越是感觉眼前的这一幕变得奇怪。

“天，哦，天哪，太棒了，”老斯科特在她身边躺下，然后敷衍了事地亲了一下她的下巴，“刚才真是太棒了。”

他的眉毛汗渍斑斑，泛着水光。他长舒一口气，然后一头倒在枕头上，闭上了眼睛。

昏暗的灯光下，劳伦眨巴着眼睛，轻声唤着他的名字。

“嗯？”接着便传来均匀而平稳的呼吸声。

要不是因为此时的劳伦还处在头脑混沌之中，她一定会嘲笑这愚蠢而又滑稽的一幕。提出要求的是她，准备了蕾丝内衣和避孕套的也是她。一切的一切都是为了解决她的“大饥荒”！

是的，就是这样，假如此刻她还有一颗清醒的头脑，她一定会觉得刚才的这一切有多可笑。可现实是，她只是呆呆地盯着天花板，体味着内心的空虚和不满足，甚至弄不清刚才究竟发生了什么。

14

失败的性爱并不是最糟糕的事……对吧？

——劳伦·弗林

“错。”诺玛·琼咯咯直笑，“劳伦，单看你这副可怜样儿，就知道你心里肯定倾向于认同这句话了。”她把茶包泡进盛满热水的马克杯里，“啊，女人，虽然我知道你不想让我泼冷水，但是作为你的朋友，我必须实话实说，没有什么比失败的性爱更糟糕了。”

劳伦一脸愁容，她就怕听到这句话。

和老斯科特失败的性爱经历让劳伦大为光火，一回到办公室，她就开始跟诺玛·琼吐槽。她把事情的来龙去脉和盘托出，从无聊透顶的约会，到那些乱人情怀的道别吻，再到那蜻蜓点水般、毫无反应的卧室体验，要知道，卧室里的那一幕就像堵在她心口上的一个结，拳头大小的一个结。

“哎，”劳伦检讨道，“也许我也有责任。你知道，我，呃，我有个‘大饥荒’，一定是因为我太久没有性生活了。”

“那倒是。”诺玛忍不住捂嘴偷笑。

劳伦没理会她，用茶匙舀了一勺蜂蜜，搅进自己的那杯茶里。“我整个人绷得比吉他弦还紧，诺玛·琼。可能是我欲望太强烈，所以身体就——”她耸耸肩“——关机了。”

诺玛摇摇头，“你别把错往自己身上揽。我可清楚地记得你刚才的那番话。”诺玛伸出大拇指，准备列举第一条，“你说一进到他的卧室就发觉他是个完全以自己为中心的人。”

劳伦心中一紧，是啊，自己是这么说的。

“你说，”诺玛又掰出食指，继续列举，“就好像你本来想给车来个全面检修，结果人家只查了一下车的油耗。”

劳伦心中的那个结揪得更紧了。对，这也是她说的。

“你还说——”诺玛·琼褐色的眼睛里流露出愤怒不平的神情“——你眼还没眨两下他就完事儿了……而且没等你说《晚安，艾琳》[①]那个自私的混蛋就睡着了。”诺玛记不清自己数到了第几条，干脆把十个指头全伸了出来。

---

① 《晚安，艾琳》（*Goodnight，Irene*）是 20 世纪在美国非常流行的一首歌。劳伦显然没听出来诺玛的戏谑，所以之后才会说“我不认识什么艾琳”。

劳伦端起茶杯，茶杯里的茶正冒着热气。“别，别，”她轻声责备道，“我可从来没骂过他。我也不认识什么艾琳。”说完她轻轻地吹了吹手中的茶，试探着呷了一小口，“我记得有篇文章上说性爱会影响某些男人，让他们变得非常放松，很容易马上睡着。”

诺玛再次摇摇头，肩膀放松下来。显然劳伦的这番话快把她气晕了。

“你竟然还替这个变态找借口，居还想把错往自己身上揽。你说你穿上衣服就从他家溜了出来，免得再跟他面对面，我听着怎么觉得你好像很愧疚的样子？”

事实不容否认。劳伦的确觉得很愧疚。她火急火燎地穿好衣服，急得就跟房间着了火似的，匆匆忙忙地驾车而逃，脑子里一片混乱。老斯科特把自己完全晾在一边，她是应该生气呢？还是应该难为情呢？因为从某种意义上说，她输了这场游戏。

尽管劳伦一直在跟诺玛抱怨这段令人扫兴的性爱经历，但她仍然觉得老斯科特似乎就是那个合适人选，这个想法占据着她的脑海，挥之不去。

“他其实不是变态。”劳伦尽量让自己说话的语气听起来不像是在抱怨，可话一出口她就知道自己失败了。

“嗯哈，对！他不是变态。他是个自私的混球，做爱的时候只管自己爽。”

不得不说，诺玛的用词太精准了，尽管劳伦这会儿再怎么心烦意乱，也还是被这番话逗乐了。劳伦稳住情绪，把笑强压了下去，强调道，“他这人真的还不错，诺玛·琼。”

诺玛又端起了茶杯，小声咕哝着，“也许是吧，只要不上床。”说完把屁股靠在柜子边上，“把他忘了吧，劳伦。他那方面明显不行啊，要是你打算对此视而不见的话，以后你可有的罪受。海里的鱼多得是啊，宝贝儿。对自己好点儿，再钓一条吧。”

劳伦心不在焉地从篮子里拿起一块香草小薄饼，递到嘴里咬了一口，脆脆的，一抹香甜在她的舌尖化开。

或许诺玛·琼说得对，或许她应该打消跟老斯科特继续约会的念头了，又或许她可以力挽狂澜，找他聊聊，让他明白，她要的只是多一点的关注，确切地说，给点儿就行——

“哦，见鬼，”诺玛一脸嫌弃地说，“我知道你心里打什么主意。你的小算盘都噼里啪啦地打出声来了。你还在想你们俩怎么才能继续交往下去，对吗？”

劳伦羞愧地叹了口气，把剩下的那块饼干整个塞进嘴里，拍了拍手上的碎屑。

“宝贝儿，你还要我说多少遍，若想保持健康的两性关系，和谐的性爱再重要不过了。情侣之间要合拍才行，双方都要密切关注对方的需要。他得舒服，你也得舒服，这样才能给彼此带来享受。床笫之欢容不得自私自利，劳伦。要想索取，就得付出。

想多多地索取，就得多多地付出啊。”

短短一席话，劳伦感觉诺玛·琼跟之前似乎不太一样了。也不知是因为她的语气，还是她的面部表情，抑或是她的肢体语言，总之某种东西引起了劳伦的注意。

劳伦仔细地打量着诺玛，并没有发现她那双褐色的眼睛里有什么异常。突然，劳伦像是吓了一跳。“哦，别，”她吸了口气，“别跟我说那些。”

诺玛笑得嘴都合不拢了，“哦，好吧。你已经明白我的意思了。”诺玛十根手指在头顶来回晃动，两瓣屁股欢乐地扭动起来。

劳伦后退了一小步，“可你们俩相处没多长时间啊。”

“比你和你那位速战速决先生的时间长。”

劳伦简直都要惊呆了，哪里还记得替老斯科特做辩解，“我爸可是位绅士啊。”

诺玛·琼的脸刷一下子红了，“哦，我举双手赞成，他的确很有绅士风度，是个处处替别人着想的绅士，我必须加上这一条。他对我做的我从来都没有——”

“诺玛！别说了！别说了！”劳伦砰地放下杯子，茶水洒了一半，但她顾不了那么多，一心只想着赶快离开这里。她冲出休息室，耳畔传来诺玛欢乐的笑声。

“别走嘛，劳伦，”诺玛在身后叫她，“老人家也要享受生活啊。”

劳伦径直走进办公室，抓起外套和挎包，然后又回到接待区。

“我得赶紧去趟仓库。”她对诺玛·琼说。此时的诺玛正站在休息室门口，休闲地倚着门框，一张因欣喜而盛开的笑脸俨然成了一尊光彩照人的艺术品。劳伦懒得理她。毫无疑问，这女人心情好得很哪。

“又刷好了一匹马儿，”劳伦边说边打开大门，“我得去见霍华德，把支票给他。”

不等诺玛回答，劳伦便走出大门，门外一片灿烂艳阳。

诺玛·琼刚才是说她和爱发牢骚的卢·汉克维克相处得很开心吗？劳伦冷不丁打了个激灵，她钻进车里，把钥匙插进点火器。

引擎发动了，劳伦突然意识到什么，一声叹息从她喉咙里冒了出来，像是呐喊，带着些怀疑。她闭上双眼，把额头贴在方向盘上。

天理何在啊，她的性生活还不如年过七旬的老父亲。人生就是这么不公平！

15

我早起的第一件事就是刷刷牙，然后磨磨我的嘴皮子。

——多萝西·帕克[①]

一个难得的周五下午，劳伦既不用见委托人，也没有出庭安排。她让诺玛·简把录音电话开着，下午就不必上班了，自己则匆匆赶到图书馆，借了六七本有关旋转木马的书。这会儿，她正坐在一张由破锯木架临时改成的椅子上埋头苦读，手边是一杯沁凉的桃子味绿茶。仓库里静谧无声，人在里面感觉就像裹进了一个舒适的蚕茧，劳伦已经很久都没这么放松过了。

当然，她还有一堆工作没做完，得陪委托人出庭，得写陈辩

① 美国作家，她的诗歌经常犀利直率地讽刺当代美国人性格上的弱点

书，还得研究案例法，这些事情在她的工作安排里从来都没消失过。不单是这些，她还得想清楚怎么面对老斯科特。那次之后，他打过她的手机，留了一通语音信息，据诺玛说，他还打到她办公室。可劳伦实在不知该对他说些什么，她只知道自己再也不想重新经历一次在他床上度过的那糟糕的三分钟。

尽管工作干不完，私事理还乱，劳伦还是迫切需要休息一下，把那些工作和糟透了的性生活统统抛到一边。

劳伦上网浏览木马动物售价以及最佳销售方式的时候，却发现了很多提醒买家不要上当受骗买到“非原装”木马的信息。这勾起了她极大的好奇心，她想知道到底怎么才能分辨旋转木马是“真”是“假”。

上面说，真的旋转木马不是由一整块实心木刻成的。工匠会把木马掏成空心的，这样可以减轻重量，同时给木头留下热胀冷缩的空间，防止开裂。劳伦知道她的那些动物都是空心的，她雇的那个喷绘师霍华德·拉金特说的。霍华德每周都会从轴承上卸下一个动物，搬到自己的卡车上，从来不需要别人帮忙。

劳伦把书摊在工作台上，看得正起劲，这时，门外传来汽车的声音，她这才回过神来，朝仓库门口走去。快到门口的时候，那辆车停了下来了，车门“砰”的一声关上。可以确定的是，来者不是小斯科特，他一下午都有课。她原本打算整个下午独享仓库里的静谧时光，没想到有人要来。

劳伦推开门，又宽又厚的木板门摇摇欲坠。只见格雷格正晃晃悠悠地穿过草坪走了过来，劳伦浑身上下打了个激灵，这个下意识的反应，让她很是意外。

劳伦把目光转向格雷格身后，用凉冰冰的手指按按自己突然发热的脸颊。她把手从脸上拿开，深吸一口气，集中注意力。

“嘿，在哪。”格雷格举起手，然后又放了下来，“我今天跟老卢一起吃的午饭，他说你到这儿来了。”

劳伦假装若无其事地笑笑，“我有一阵子没放过下午假了。”

格雷格在离她几英尺的地方停了下来，“我打了你的手机，想看你忙不忙，”他说，“但是直接转到了语音信箱。”

“我关机了。想一个人静会儿。”

格雷格点点头。黑色的眼睛看着劳伦的脸，又看看她的脚，然后又朝仓库里看去。

“你忙的话，我就……额……先走了，不打扰你了。”

“没事，”劳伦说着向后退了一步，算是请格雷格进来，“我开着小暖炉呢。谢谢你把它留了下来。我刚才看了会儿书。”劳伦走向工作台，上面摊着好几本书。“你知道欧洲的旋转木马顺时针转而美国的逆时针转吗？”走到工作台前，她转过身来对着他，不等他回答，她又继续解释道，“显然，欧洲的工匠关注的是让人怎么顺利地骑到马上，所以马儿都是左侧朝外。”劳伦轻声笑起来，补充道，“而在美国，赢得奖励是我们的传统，所以我们把方向掉过来，好让人抓住那个（象征奖励的）铜环。因为大多数美国人都是右撇子。”

格雷格专注地盯着她的脸，黑色的眼眸亮得像抛过光的石头。终于，他开口了：“好久没见你笑了。”

听到这话，劳伦翘起的嘴角松懈下来，觉得浑身不自在。“那——”她把双手插在针织开衫的口袋里，“——你怎么样？我已经多久没见过你了？一个月？”自打上次劳伦在旋转木马上差点失控，弄得自己尴尬至极，他们就没再见过，“你还好吗？”

“嗯。”格雷格点点头，把手伸进后裤兜里，“我还好啦，”他对劳伦说，“你呢？气色不错，劳伦。你看上去气色真挺好的。”

听到他的赞美，劳伦脸红了。她低下头，想掩饰自己的不安，两只手又往口袋里伸了伸。

“听老卢说你在跟别人交往。”

劳伦像被抽了一鞭子似的，猛地一下抬起眼，看着格雷格，眉头皱成了一团。格雷格一脸的关切，是因为他听说了这个消息呢，还是因为他看到了刚才她的反应？

“你来这儿就是因为这个？你们两个凭什么讨论我的——”

“不，不。等一下。”格雷格举起双手，手心朝上，“劳伦，我们没提是谁，也没说具体的。你想做什么就做什么。我只是……想跟你聊聊天。”

说到聊天，劳伦不禁想起她和老斯科特之间聊个天有多难，试了一次又一次，不过是想了解对方。她和格雷格在一起时，经常能就一个话题聊个没完。交流从来都不是问题。起码两个人分开之前是这样。

格雷格仿佛钻进了她的脑袋，读懂了她的心思似的，他说，“我不想说个话还要小心翼翼地。我们以前可是无话不说的，劳伦。即便我们观点不同，也可以聊上一整天，从不争吵。但现在，我们差不多一见面就吵。”

还好他没提上次在仓库的事儿。

格雷格英俊的脸庞蒙上了沮丧的阴影。他说得对，问题不在他，问题在劳伦。这些日子，只要一提到格雷格，劳伦总是摆起一副准备争论的架势。虽然劳伦想努力接受两个人之间已然发生的一切，可残存的愤怒似乎还在她心里持续发酵。可她真的很想把这些统统抛开。她叹了口气，紧绷的脖子和肩膀跟着松弛下来。

“我在和一位委托人的父亲交往。”劳伦说，“他叫斯科特·肖。我们约了——”一种奇怪的感觉随之而来，她避开格雷格的眼睛，“——记不清了，几次吧。”

这句话为何这么难说出口呢？她和格雷格已经离了婚，她不必再对他忠贞不贰了。可一想到格雷格得知她和老斯科特上床的事，劳伦便会惊慌失措。也许，她怕的不是格雷格知道她和别的男人上了床，而是怕他知道她和别人上床的感觉简直像一场噩梦。

格雷格似乎有些困惑不解，“你爸说感觉这次你挺认真的，每周都要和这个男的吃好几次饭。”

“你这么关心干吗？”劳伦问道，惊喜地发现自己说话时竟然可以装得轻松而诚恳，“我约会……那又怎样？你也在约会啊。我们应该替对方感到高兴才对。”

格雷格的眉毛拧在一起，“我听不懂你说什么。”

“哦，别装了，格雷格。”劳伦把手从兜里掏出来，轻松地放垂在身体两侧，“乔·利没跟你说她在法院见到我的事吗？她说你在和她约会。”她耸耸肩，“哦，她还问我介不介意你和她交往，我说这是你的自由。”

格雷格摇摇头，似乎有些迷茫，“她请我吃过两三次饭，每次特蕾西都在场。”他侧过头，很爷们地耸了下肩，“仅仅是因为我替她翻修到很晚。她想赶在月底之前把车库弄好，这样她的日托中心就可以开张。为了赶活儿我都快忙疯了。”

劳伦听他轻描淡写地说着他和乔·利的关系，说着说着，格雷格换了个话题。显然，谈起各自的私生活，两人都很不自在。

“我敢说你和特蕾西相处得很不错。”劳伦柔声说。

格雷格笑着说，“她是个好孩子。”他转过身，屁股靠在工作台上，“每天放学后都会到车库来帮我。”他轻声笑了起来，“尽帮些倒忙，不过我会让她跑跑腿儿，拿拿东西。”

听到格雷格提到乔·利的女儿时声音中的暖意，劳伦感到莫名的懊丧。

“你后悔吗？”劳伦坐到锯木架上，“我是说，我们一直都没要孩子。”

格雷格交叉双臂，放在胸前，“我不想把时间用来后悔。”

劳伦深知这一点，“但你就没想过吗？从来都没期待过？”

格雷格微微侧了一下头，“不常想。但是跟特蕾西在一起的时候真的很……让人受启发。孩子总能让生活明媚起来。他们很有趣，没有偏见，还很诚实。”他停顿了一下，接着说道，“如果有孩子的话，咱们的生活可能就不一样了。”

劳伦不知道有了孩子的话她的性格会不会变得柔和一些。不再急切地追求事业，实现抱负……整个人生都不必安排得如此紧锣密鼓。为人父母肯定会带给她新的体验，也许会让她的内心变得更柔软。她叹了口气。

接着，她想起妈妈去世之后的艰难日子。那时她是那么伤心难过，那么孤独寂寞，那么害怕和无助。虽然她还有爸爸，但是失去妈妈的生活……艰难得无法形容。

“你还那么小，妈妈就去世了，对你的影响一定很大，”格雷格说，“我懂的。”

劳伦又一次惊讶地发现，她和格雷格之间好像心有灵犀似的，他可以轻易读取她的心思，没人比他更了解自己了。

格雷格把身体重心移到一只脚上，两只脚踝搭在一起。“我原本希望我们可以找个合适的时间要个孩子。但事与愿违——”他不易察觉地撇撇嘴，“——唉，事与愿违啊。”

劳伦咽了咽口水，“你从来都没催过我。”

格雷格耸了下肩，“那样就不对了，孩子必须两个人都想要才行。”

两个人陷入了长时间的沉默中。

最终，劳伦叹了口气，“你一定会是个好爸爸的，格雷格。”她看着自己的脚尖，“我心里觉得难受，因为——”劳伦停顿了一下，不敢直视他的双眼，“——呃，感觉是我一个人做了咱们两个人的主。我的工作——”

“别这么想，劳伦，别怪自己。”

他的声音轻柔似水。他静静地站着，一动没动，没有向她伸出手，也没有触碰她。其实他也不必再做什么，因为劳伦已经从他的话语里感受到了莫大的安慰。

“我们在一起的日子很美好，”他坚定地对劳伦说，“是的，最后那几个月有点儿糟。但那都怪我，我应该负全责。所以除了结局不太好，我们之前那些年可是很美好的。”停了一下，格雷格问道，“不是吗？”

劳伦点点头，“对。是很好。”

能够心平气和地跟他聊聊天，这感觉真的很不错。他们有过很多过往，美好的过往。过去的几周，这些美好过往中的点点滴滴总会在她眼前浮现。

劳伦把双手放在膝间，抬起下巴，“你当时怎么不找我帮忙，格雷格？”虽然之前她从没想过要问这个问题，但她知道，许久以来，她打心眼里想要一个答案，“如果你早一点儿来找我，说不定我们还可以挽回你那家店。我到现在都不敢相信我们把你爸的五金店弄垮了。”说这些话的时候，她没有一丝愤怒，只有无尽的悲伤，“怎么会变成这样？为什么之前从来都没听你提过？”

格雷格避开她的目光，“我也不知道。可能是男人的自尊吧。我不想让你知道。”

过了一会儿，劳伦说：“你真觉得我发现不了吗？”听到她略带戏谑的语气，他把目光转向她，表情却依然闷闷不乐。

格雷格呼出憋在胸口很久的一口气，“我爸去世之后生意就开始走下坡路了。”

原来问题那么早就出现了，劳伦十分惊讶。丹尼尔·弗林是因为某种无法确诊的心脏疾病并发症去世的。那已经是七年前的事了。

“我爸让很多人赊了账，”格雷格说，“有两个人一直拖欠不还。其中一个破产了，另一个趁天黑跑了。我想做出改变，但是顾客似乎比较喜欢我爸的经营方式。他允许他们分期付款，或者干脆先拿走，等领了工资再付钱。可这种旧式经营体系注定会把商店慢慢拖垮的。在我意识到这个问题之前，店里已经负债累累了。我想过补救，想逼那些人还钱。不许大家再赊账。”格雷格摇摇头，“后来，市郊就建起了那个大型的家装建材商店。事情就是这样。”

劳伦默默地看着他，看了好一会儿。她都忘了格雷格讲趣事的时候眼睛眯起来，嘴巴翘起来的样子，也忘了他认真听她说话，或者他严肃地跟她讲话时，那双黑色的眼睛里专注的神情了。就在此时，在他那双黑玛瑙一般的眼睛里，劳伦又看到了同样的专注。

劳伦突然很怀念这些，怀念格雷格，怀念过去他们常常……无话不谈。就算他们吵架了，哪对夫妻没拌过嘴呢，最后总会和好如初。从何时起，这一切竟都变了呢?

一瞬间，她想他想得心痛，想念他，还有他带给她的一切美好事物。

劳伦眉头紧锁，心里既灰暗又沉重。一种想哭的冲动涌上心头，将她狠狠地嘲弄了一番。眼眶温热潮湿，她强忍着泪水，突然间，她领悟到了什么。她咽了下口水，想减轻纠结在她喉头上驱之不散的伤感。是什么围困了自己？原来，她一直沉浸在生活脱轨而带来的伤心和愤怒里，都忘了为他们所失去的一切而惋惜。

劳伦看向旋转木马，慢慢地吸了口气，平静下来。她最不想做的就是对谁都无法挽回的事而浪费感情。事已至此，覆水难收，面对现实吧。

时间一分一秒地过去，两人间的沉默越来越久，气氛越来越尴尬。

格雷格循着她的目光看过去。“哇哦！”他赞叹道，从工作台上起身，穿过仓库，“阿德的活儿做得真棒啊。”

劳伦顿时松了口气，她需要找点事，任何事都行，只要能将她的注意力从那块压在胸口的大石头上移开。无意中陷入往事的阴影里，格雷格一定也在寻找着突围的方法。

“看上去很新的，对吧？”劳伦的嗓音干燥而沙哑，好在不易察觉。

格雷格的指尖慢慢滑过斑马光亮亮的身子、脖子，还有马背，劳伦不自觉得想起他也曾如此温柔地抚摸过自己。她闭上眼睛，往事又清晰地浮上心头。

等她睁开眼环顾仓库四周时，格雷格仍然在欣赏那匹斑马，斑马身上的黑白条纹对比十分鲜明。

“我以前都没发现，”格雷格说，“它们的眼睛都是玻璃做的。”想必他已经和其他整饰一新的动物见过面了，“都很漂亮。”他说。

一匹阿拉伯马穿上了珍珠般的白色外套，另一匹种马则恰恰相反，全身黑色，油光发亮。霍华德在马饰上下了一番功夫，马鞍、盖毯、胸带、褶皱垂挂、流苏——全都换上了靓丽的节日盛装。

格雷格转过身看着劳伦，而劳伦的目光还停留在他那双正在抚摸马背的手上，她注视着那手，颈上的脉搏腾腾直跳。

格雷格跳上圆台子，仔细端详那匹黑色的种马。劳伦庆幸自己终于找到一个平复狂乱心跳的时机。

“你看见这个了吗？这匹马是有表情的，劳伦。看上去很狂野。而这匹——”他走到阿拉伯马旁，“——看上去温顺得像只小羊羔。”

格雷格赞叹着，声音充满磁性。劳伦强迫自己待在锯木架上，一动也不动。格雷格要是兴奋起来，他的热情会变得非常有感染力，而被他感染可不一定是什么好事，除非她想让上次旋转木马上的囧事重演。

劳伦还没告诉格雷格她打算把这些卖掉，她觉得，要是格雷格知道她打算把整个木马拆散了，一定会不开心的。可迟早都要告诉他的啊。既然霍华德的进度比预计的要快，劳伦想着早点儿告诉他总比晚告诉好。况且卖的时候肯定要连底座一起卖的，这方面她还需要格雷格的专业意见……也许还有他的木工手艺，前提是格雷格愿意的话。

最好把这些告诉他，一五一十地告诉他。就像从新愈合的伤口上撕下创可贴一样，继续捂着只会让伤口好得更慢。

结果，劳伦却来了一句：“你朋友霍华德是个很有天赋的艺术家。”

“他要价还合理吗？”

劳伦点点头，明知道格雷格的注意力并不在自己身上。“嗯，多亏你有这层关系，我省了不少钱。”

格雷格下了圆台子，朝她走过来。“说到钱，”他低声说，手在后裤兜里摸索着，“我带了这个给你。”

“这是什么？”劳伦问，用手接过一个对折的白色商务信封。

“下午我本来打算把它留在你家的。”格雷格后退了一小步，“但老卢让我把它拿到这儿来。”

尽管他极力掩饰，劳伦还是从他的语气中感受到了一丝紧张，这紧张让她不安。她没去拆信封，而是问，“这是什么，格雷格？”

他冲劳伦犹豫地笑了笑，“一张银行支票。”

“什么？为什么？做什么用？”问题像连珠炮一样从劳伦嘴里吐了出来，她打开信封，抽出支票，上面一连串的零让她倒抽一口气。

劳伦眉头紧皱，她看着支票，又把目光投向格雷格，“你从哪儿来的四万块钱？”

他并没有回答她的问题，而是说道：“我知道这些不够，但可以开个好头。可以存进你的养老金账户里，或者帮你爸找一个独立的住处。”他走上前来，“本来还可以多给你一些的，可你把我从仓库里赶了出来，所以我得交公寓押金，付房租，还有水电费什么的。”格雷格的手掌在大腿上不停地上下搓着，“账单似乎永远都付不完。我会把剩下的钱还给你，只要——”

“等一下，格雷格，打住。”劳伦又看了看支票，不知是希望自己看错了还是怎么的，她瞥了一眼金额栏里打印的数字，当然，数字还是原来的数字，“这是什么？你从哪儿来的这些钱？你在干什么？你什么都不欠我的。那天我在法庭上说的你没听见吗？布鲁克斯法官说了……”说着说着，她渐渐觉察出格雷格的言外之意，语速渐渐放慢，眼睛一直在搜寻格雷格那刚迎上来就迅速躲闪的目光。

想到这里，她的嘴干涩起来，歪着脑袋问道：“你住仓库是为了省钱？好还给我？”

两个问题之间不经意的一停，让她听上去有些迟钝。见鬼，她一直想啊，想啊，想弄清楚格雷格这么做的原因。现在看来，自己不是反应迟钝是什么！

而此时，格雷格明显不知所措起来，不论是表情，还是肢体语言，他貌似不确定该不该回答劳伦的问题，回答了是会带来好结果呢，还是会让他陷入更多麻烦。最终，他轻轻点了点头，一言不发，静候劳伦的发落。

劳伦觉得自己好像挂了低档，连思考的节奏都慢了半拍。这说不通啊。好吧，看来这世上没有人比格雷格·弗林更能让她心神不宁的了。

“我不明白。”劳伦站在那里，一手拿着支票，一手握着皱巴巴的信封，“你不欠我钱，格雷格，法律规定得清清楚楚——”

“我知道法律是怎么规定的，”他平静地说，“我明白你的意思，也明白法官的意思。我知道从法律上讲，我不用负任何责任，劳伦。但我——”他看向天花板，显然在想合适的词，“——良心上过不去。我亏欠你，劳伦，我亏欠你很多，我想用这些钱来补偿你。”

“什么？”她问道，头摇得跟拨浪鼓似的，“你打算把这块地买回去吗？还有仓库和这个旋转木马？”

“不，不。这些都是你的。法官判给了你。我对这个没有异议。其实，我愿意把这些给你，劳伦。我愿意把这些全都给你。只要这能弥补过去发生的一切。我害你经历的一切。”

格雷格说得句句在理。然而，它们虽然句句在理，劳伦心想，可显然又是毫不在理的，因为……明显的……这些话如同是一块砂纸在磨砺她的心，让她心里很不舒服。

“你知道这个地方值多少钱吗？”劳伦平静地问他。

这个问题吓了格雷格一跳，“值多少？值不了多少吧。至少现在不值钱。但是斯特林地区正在不断发展。用不了多久，人们就会找地盖房子。这块地值得投资。”

“那你还愿意把它拱手让人？”劳伦抬起双手比画着，“就这样？你愿意放弃你的土地、你的钱财、你的时间、你的才华。

你愿意放弃一切，不是吗，格雷格？”劳伦看着他，摇摇头，“你何止是不善经营，你简直蠢得无药可救了。”

格雷格两条眉毛挑了起来，嘴巴张着，却什么也没说出来。他用手指挠挠头发，“劳伦，我不知道你在说什么。”

“你把你的地给了我。”她把手放在胸口。

“法官判的。”

“但你刚才说你没有异议，”劳伦责备道，“你把你的钱给了——”她把支票在他眼前晃了晃，“——给了我。把你的时间和才华，分文不收地给了乔·利。再这样下去，你连个撒尿的尿壶都买不起。”

“你这说的什么话？”格雷格看着劳伦，怀疑她是不是疯了，“对，我是给了你钱，那我是欠你的。”他眉头紧锁，“但我什么也没给乔·利啊。”

“你说谎。你我心知肚明。”

格雷格看上去彻底惊呆了，又是一个目瞪口呆说不出话的表情。过了一会儿，愤怒映红了他的脸。

“所以我不仅蠢，”他说，声音低沉得吓人，“还是个愚蠢的骗子。劳伦，你说说，你这么伶牙俐齿的就没咬到过舌头？”

自相识以来，格雷格生气的次数劳伦一只手都能数得过来。他是个随和的人，不爱发脾气。劳伦挺直了身子，迎上他的目光。也许这是件好事，劳伦想，也许这能唤醒他，让他能关心自己的切身利益。

“你得把这张支票拿回去，格雷格，”劳伦说，镇静的语气连她自己都觉得惊讶，“还有，你可别再免费替人干活了。”

“那张支票你拿走。”格雷格眯起眼睛，“我为乔·利·斯特普尔顿干的每一分钟活儿都是收费的。”

劳伦真想冲上前去，把那张昂贵的支票一把塞进他的衬衫口袋里，她真想逼着他把自己的一番忠告都听进去。结果，她竟问道：“如果你说的是真的，她干吗跟我说你干活儿没收钱？”

他目不转睛地盯着劳伦的双眼，“你确定她真是这么说的？你再想想，劳伦，好好想想。我真觉得乔·利不会跟你说假话。她不是那种人。”

格雷格居然敢说劳伦误听了乔·利的话？

“我敢肯定她就是这么说的。她说你在改造她的车库。‘这些不用花我一分钱’是她的原话。”

格雷格动了动下巴，“不管我做什么，你都一心要埋怨我，是吗？”他一只手握成了拳头，背到身后，“就因为我弄砸过一次，所以现在就什么都做不成了？如果我干活儿不收钱，短短一年怎么可能存四万块钱给你？你就没想过她可能是从别的地方得了一笔钱？实际上这才是事实。她申请了政府津贴，专门为单身母亲创业而发放的津贴。”

劳伦觉得脑袋一阵子晕眩，感觉自己像个充满氦气的气球，格雷格拿了根锋利的针刺了她一下，她满腹的怒气终于找到一个宣泄口。过了一会儿，她的义愤填膺平息下来，傲慢的态度也缓和了许多。

劳伦想咽下口水，可嘴巴和喉咙都干巴巴的。

“我觉得自己应该说些什么或做些什么来补偿你，”格雷格说，眼睛盯着劳伦身后木板墙上方的某个地方，“来弥补我的过错。让事情变好，让你别那么生气，这样我们至少可以心平气和地面对彼此。但我现在知道这是不可能的了。”他那乌黑的眼睛看着劳伦，一直盯着她，盯了许久，“我还知道，你已经不是我以前认识的那个女人了。”

他又看了劳伦几眼，然后默默走开，一句话也没有说。

劳伦站在那里，心悬在嗓子眼，脑袋里有个声音对她高喊着，快做点什么啊，快说点什么啊。她应该道歉，她至少应该把钱还给格雷格，她不该拿他的钱。行了，别再添乱了，今天已经被她搞得糟透了！于是，她只是继续站在那里，听着格雷格关上了仓库门，听着他启动了卡车，听着卡车发动机的轰鸣声，听着他的车沿着蚊腿儿路渐渐远去。周围又安静下来。

16

有一天，那些成天研究健康和养生的人会觉得自己很傻，因为他们将躺在医院里，却不知道自己是为什么死的。

——里德·福克斯[①]

劳伦睁开眼，立马睡意全消。银色的月光洒进卧室，梳妆台、椅子和衣柜的影子被拉长。她从床上坐起来，环顾四周，竖起耳朵搜寻着把她从睡梦中吵醒的声音。

黑暗之中隐约传来一点儿动静。劳伦仔细听了一下，像是有人在低声说话。

她掀开被单和毯子，瞥了一眼床头钟，夜光灯显示现在是凌

① 真名约翰·埃尔罗伊·桑福德（John Elroy Sanford，1922—1991），美国喜剧演员，曾参演二十世纪七十年代情景喜剧《桑福德和儿子》（Sanford and Son）。

晨三点零四。她赶快穿好放在身旁的睡衣和拖鞋，朝卧室门口走去。

刚走到过道，她忽然意识到刚才的说话声是电视购物里传来的。她爸一定还没睡，要么就是睡着了，电视机却开着。

从仓库回到家的时候，劳伦看到了老卢留给她的字条，说他要和诺玛·琼一起吃晚饭，叫劳伦不用等他了。自从生活中有了诺玛，老卢就跟变了个人似的，变得没那么悲观，也没那么爱发牢骚了。跟他住在同一个屋檐下也不再是件烦心事了，大多数情况下是这样。

得知他不在家，劳伦顿时松了口气，收起了特意挂起的浅浅笑意。在仓库发生的事让她觉得很内疚，也让她心烦意乱。她知道，老卢要是在家，她这一脸的焦躁不安铁定逃不过他的眼睛。

劳伦洗了个澡，换了身衣服，她一身疲惫，东西也懒得吃了。一切收拾停当，她端了一杯冒热气的甘菊茶，拿了几份辩诉书，回到卧室，爬上了床。一直到她困得直打哈欠，关灯睡觉那会儿，老卢也没回来。

劳伦走下楼梯，手扶着橡木楼梯的扶手，感觉凉意逼人。

你那么伶牙俐齿的就没咬到过舌头?

格雷格怒气冲冲地质问声在她脑海中盘旋，没错，她心中的负罪感越来越强，像一拳头砸在胸口。傲慢真是个可怕又可恶的东西。劳伦对自己的评价一直是独立自信，从没想过自己会跟自私自利、狂妄自大、目中无人扯上关系。可是，她今天下午跟格雷格谈话时的样子——不对，那哪里是谈话，分明是滔滔不绝的责难和喋喋不休的抱怨——甚至比这些还有过之而无不及。

回想当时自己对格雷格说的那些话，专横霸道、劈头盖脸，还自我感觉良好，自以为是金玉良言。劳伦摇摇头，觉得自己真是恶心。她对乔·利的话断章取义，然后曲解放大，弄得一团糟。她打心眼里认定了格雷格就是个不负责任、粗枝大叶，甚至蠢不可及的人，从没想过是自己曲解了乔·利的话。

走下楼梯，劳伦看到她爸那两只脚从躺椅底座上支出来，袜子也没脱。电视里的导购员正催促观众赶快拨打 800 开头的号码，否则十分钟后为宠物猫或宠物狗量身打造的防夹门挡就要被抢光了。

劳伦走进客厅，突然看到老卢脸上痛苦的表情，赶忙跑到他身边。

“爸？怎么了？哪儿疼？”看得出来，老卢非常难受，上唇和额头上是豆大的汗珠，脸和脖子都湿了，胸口快速起伏着，呼吸十分吃力。

“心脏怦怦直跳，”老卢终于说了句话，说完脸上又呈现出痛苦的表情。他一只手按着胸口，似乎想把疼痛压下去，“真疼。”

“别动，”劳伦命令道，“我打电话叫救护车。”

劳伦飞奔到厨房，却发现无绳电话机座上是空的，电话机不知在哪里。她看看灶台和桌子，不见电话机的踪影，然后又冲向餐厅，翻找一通，终于在餐桌上找到电话机。劳伦一把抓起电话机，用颤抖的手拨通了急救电话。电话机那头接线员沉着冷静的声音丝毫安抚不了她凌乱的心。

“对，很紧急，要叫救护车，”劳伦一股脑儿大声嚷了出来，“我爸心脏病犯了。”

劳伦一口气报完地址，回到客厅。看见老卢双眼紧闭，她更加紧张，感觉就像一针肾上腺素瞬间注入了她的体内。

“爸？”

劳伦把手搭在他的手腕上摸索着脉搏，他的皮肤又湿又黏，他的脉搏虚弱而急促。老卢突然抬起眼皮，褐色的眼睛里布满了恐惧。卢·汉克维克向来天不怕地不怕，可这次，他一脸的紧张，赤裸裸的紧张。劳伦陷入了彻底的无助中，这一生，她从未如此害怕过。

“你好，还在吗？”

耳畔传来的声音吓了劳伦一跳，她都忘记了手里握着的电话可是救命热线啊。

“你爸还有意识吗？”电话里的女人问道。

“有，有。”劳伦握着老卢的手说。

“还有呼吸吗？”

“有，但呼吸得很快。几乎一直在喘气。”

“让他别慌。告诉他医护人员马上就到，”女人一步一步指导着劳伦，“估计还有两三分钟就到了。他们到之前你别挂电话，我会一直陪着你。”

这三分钟，是劳伦有生以来最为漫长的三分钟。

***

“你得在这儿等着，”一名护士对劳伦说，“病人一有情况医生会尽快出来告诉你。”

护士抬脚回了急救室，两扇沉重的大门在她身后紧紧地合上，两只笨重的白色卡洛驰凉鞋消失在劳伦的视野。

斯特林区医院的候诊室灯火通明，恍如白昼，一点儿都不像是凌晨。候诊室里稀稀拉拉地坐着几个人，有两三个显然在等着看病。一台电视机高高地挂在墙上，播放着国际新闻，音量很大，刺激着劳伦原本已经十分脆弱的神经。于是，她拣了个离电视最远的位子坐了下来。

但她很快就坐不住了，站起身来，在房间里走过来又踱过去。

急救人员火速赶到，行动高效迅速，这让劳伦稍稍松了口气：父女俩总算不用在煎熬中孤独等待了。一个年轻人拿起劳伦手中的电话，告诉接线员他们已经到达现场，然后挂断了电话。另一个人给老卢戴上了氧气罩，开始监测他的生命体征。他们既友好又冷静，都在尽最大努力控制当时的局面。

那个从劳伦手里拿走电话的年轻人问她是不是要跟他们一起去医院。劳伦觉得真是可笑，这人怎么想的，她爸都要送心脏病急诊了，她还能安心待在家不成？不过劳伦猜想，他八成是出诊的时候什么奇葩的事都遇到过。还没等劳伦回答，他走过来，轻声建议劳伦换上出门穿的衣服。劳伦连声道歉又道谢，赶忙跑上楼去。

候诊室的墙被漆成了柔和的蓝色，想必是要营造安静祥和的气氛。但没有什么比知道结果——好的结果——更能缓解她的焦虑的了。劳伦走向窗边，双臂交叉抱在胸前。她紧紧抓着小臂，企图让自己振作起来，保持镇定。

“你是汉克维克先生的女儿吗？”

劳伦急忙转过身，“对，我是。他怎么样了？”

“还是那样。”眼前这个穿绿色消毒服的人年轻得不像个医生，“我们觉得是心脏有问题，但现在下结论还太早。我已经安排了一些检查。我想告诉你我们已经通知了值班的心脏科专家。但汉克维克先生非让我们打给阿莫斯医生。我说了今天他不值班，所以不一定会来，但你爸还是坚持要他来，要求好几次了。”

爸啊，你可真行，现在还有力气给人添麻烦，估计身体状况比刚才好多了，听到这个消息劳伦高兴起来。都怪自己刚才太沮丧，竟然没想起来给阿莫斯医生打电话。在法庭上，她面对抢劫犯、小偷还有家暴的男人如同家常便饭，早就习以为常。所以，她觉得自己遇到突发情况时，一定会沉着应对，急中生智。

可这次不一样啊。这次是她个人的事，事关她爸。

“谢谢！”她低声说，目送那位年轻的医生消失在金属门后。她转过身来，看向窗外的夜色。街灯发出昏黄的光，给整条街笼上了一层病怏怏的色彩，枯叶在萧瑟秋风中打着转儿。

她爸一直都是一个坚强又健康的人。可万一这次心脏病带走了他的坚强和健康，那可怎么办呢?

万一让他送了命呢?

劳伦的呼吸急促起来，眼眶发热，但她告诉自己要忍住别哭。打起精神，劳伦，她在心里命令道。你敢崩溃一下试试。

老卢需要她坚强起来。

劳伦贴着一把蓝色的塑料椅子坐下，她环顾四周，空无一物。她只能等待，等待医生的妙手回春，等待他们带来好消息。

可万一不是好消息呢?

想到这里，劳伦下意识摸了一下提包。万一是坏消息……最坏的消息……她不想自己一个人面对。她用拇指熟练地把手机打开。有一个人，只有一个人和她一样爱老卢。她立马拨通了那个早已烂熟于心的号码，想都没想自己该说什么以及他会做何反应。

两声短暂的铃响之后，他带着睡意接了电话，“卢？”

“格雷格——”他的名字像耙子一样犁过她的喉咙，所到之处带来阵阵苦痛，“——我知道你还在生我的气，我也没有资格求你。但我和我爸这会儿在急诊室。你能来吗？”

***

想到他正在赶来的路上，劳伦觉得，接下来等待的十五分钟也是踏实的。她目不转睛地盯着玻璃大门，她敢肯定，当自动门打开，格雷格走进来的那个瞬间，将是她看过的最亲切的画面。

他来了，身上还穿着下午在仓库里的那件衣服，但这有什么关系，劳伦匆忙之中也换上了下午穿的那身。他的头发湿漉漉的，一定是用冷水洗了把脸，免得瞌睡。他下巴上的胡子还没来得及刮。

劳伦站在那儿，等格雷格走过来。

“怎么回事？”格雷格问道。

“医生觉得是心脏病。”劳伦咬住下嘴唇，免得它不停地打哆嗦。劳伦心里五味杂陈，虽然下午自己那么无礼地指责了他，人家竟还是赶了过来。“有位医生出来说他的情况一直没有好转。他们叫了心脏科的专家。还有阿莫斯医生。”她用手拂过脸颊，以掩饰她的不安，“爸一定吓坏了，格雷格。他让人去找阿莫斯医生。”

格雷格知道老卢和阿莫斯医生之间的事，黑色的眉毛挑了起来，但是看得出来，他显然在极力控制心中的不安。

“阿莫斯会安抚他的。坐下来吧，你看上去累坏了。”格雷格坐下来，劳伦坐在了他旁边的椅子上。

“我被电视里的声音吵醒了，”她说，“我下了楼，发现他。”回想起老卢当时的样子，她摇起了头，“他看上去可难受了。脸色苍白，满头大汗，几乎喘不上气来。还说觉得很疼，一直按着胸口。”她闭上双眼，“天哪，格雷格，我都快吓死了。”

“他会没事的。”格雷格伸出手，扶在劳伦的肩膀上，许久，又把胳膊搭在劳伦背后的塑料椅上，“他已经到医院了，没事了。”

“也许我不该给你打电话，但——”

“你能打给我，劳伦，我很开心。”格雷格打断了她的话，“卢就像我爸爸一样。我想来看他。”

他的话让她惊讶不已，此处原本该有的礼节性的微笑全然被惊讶所取代。可不管怎么说，这些话从某种程度上减轻了她大晚上把他叫醒的负罪感。

“我心里很不舒服。”劳伦不知道两只手该如何安放，只好将手掌对搓起来，“我应该多留心他才对。我连他上次是什么时候做的体检都不记得了。他傻乎乎地跟阿莫斯医生吵了一架，之后再也不给人家打电话了，也不让人家给他看病。还有，你知道的，他总是没事瞎嚷嚷，不是这儿疼就是那儿疼的。”

格雷格撇了撇嘴，点点头。

“都怪他那台电脑，”劳伦说，“让他一门心思研究那些头疼脑热的毛病。他没事上网找病就是为了——”

“不能怪电脑。”

劳伦看了他一眼，不同意他的说法，“当然应该怪电脑。你没见他做的那一堆标签吗？肯定查了十几个不同的医学医药网站。”

格雷格的嘴角浮现出一丝微笑，劳伦的目光从他的眼睛转到他的嘴唇上。

“你不记得他常放在手边的那本书了吗？”格雷格咧嘴笑了起来，“三尺厚，上面列了目前已知的各种疾病？”

劳伦大致回忆了一下，坚定地说：“不记得了。”

格雷格挪了挪位置，看着劳伦说，“也许我说得不对，但我总觉得你爸对健康这么上心是想引起关注。”

“当然了，每个自认为得了这病那病的人不都是这么想的吗？想引起朋友和——”

“是你的关注，劳伦。尤其是你的，你的关注。”

劳伦坐直了身子。“我一直都挺关心他的呀。”她的声音软了下来，慢声问道，“不是吗？”这个问题不像是在问格雷格，倒像是在问她自己。

大半个青春期，劳伦差不多都是和老卢相依为命。为什么他会觉得需要用假装生病来博取她的关心呢?

你太独立了，老卢说她。

接着，她又想起老卢说的其他一些话。记得他埋怨过，想获得她的关心就得变着花样才行。

“你当然很关心他。”格雷格说。

“我怎么觉得你没说实话呢。”

格雷格耸了下肩膀，“谁让他发牢骚的时候你总是泼他凉水。”

“谁让他总说些傻话呢，格雷格。不是‘我头发疼’就是‘我指甲正在分裂’。好像指甲旁边长了根倒刺就能死人似的。”说到死，劳伦的脸唰地白了。

“你不明白，”格雷格说，“什么病不是重点。重点是他想让你关心一下他，希望你能多花一点儿时间。”

劳伦认真地看着格雷格，仔细体会他的话。过了一会儿，她将目光缓缓转向金属门，门后的进展让她牵肠挂肚，“要是我还有机会关心他就好了。”

“别这么说，”格雷格说，“不许这么说。”

两人默默地坐着，时间一分一秒地过去，电视上 CNN 的新闻响彻整个走廊。虽然劳伦的内心还在煎熬，但确实比之前踏实多了。让她无限感激的是，至少她不孤单。

劳伦站起来，踱到窗边，又走回来。走着走着，她突然停了下来，仔细端详着她的前夫。看了好半天，她才坐下来，坐到了格雷格的对面，俩人膝盖碰膝盖地面对面坐着。

“格雷格，”劳伦开口道，“我应该跟你真心道个歉。之前在仓库跟你说的那些话，对不起。我犯浑了，希望你能原谅我。”

格雷格看着劳伦，黑色的眼睛让人捉摸不透。过了好一会儿，他避开了她的视线，眼睛盯着地板。

如果他选择不原谅自己，劳伦也不会怪他。谁让她一直那么咄咄逼人，傲慢无礼呢。

“事情一桩桩一件件摆在眼前，”劳伦轻声承认道，伸出手放在格雷格的膝上，“我却没把它们拼起来。我拿着一大笔钱，你的钱，你商店关门之后挣的血汗钱，因为我知道打那儿以后你一分钱都没有了。我却还口口声声指责你免费帮人干活。我不知道当时我为什么就没发现——”

“劳伦，你以为我想让我爸的五金店关门吗？”格雷格抬起头，盯着劳伦的眼睛，“那家店是他一辈子的心血。店倒了，他一定对我失望透顶，我都不知道该怎么说这种感觉。”

悲伤布满他的脸，下巴和嘴角都垂下来。他十指交叉，两个大拇指来回摩擦着。

“你觉得我的生意倒了，我的生计垮了，我就什么都没做吗？”他摇摇头，“你只在意我瞒着你，没告诉你实情。可就算我说了又能怎样？劳伦，能怎样？你这头脑聪明的大律师能扭转我这个傻木匠扭转不了的局面？”

“我没这么想过。”虽然她嘴上这么说，但她心里知道，过去这一年多来，她的所作所为表达的就是这个意思。劳伦看看他的脸，他的眼睛，显然他也意识到了这一点。

劳伦看向别处。格雷格是她选择共度一生的人，但在他陷入困境之时，她却没有想过去帮忙。从来都没想过。对，她唯一想到的——抓着不放的——就是责怪、痛苦还有愤怒。

真相残酷得让人不忍直视。她跟格雷格离婚居然不是因为不再爱他了，而是因为他失败了。

这说明她是什么人呢？

此时此地，这个问题对她来说未免也太大了，大到她没法思考。她唯一能想到的就是看着他的眼睛，轻声说句，“对不起。真的对不起。”

但这听上去又是那么的虚弱无力。

劳伦不知道还能说些什么，她默默地坐到格雷格身边的椅子上，把身体尽可能蜷缩进硬质塑料椅里面。她蜷缩着，舔舐着自己的痛苦和焦虑，品味着担心和恐惧，根本无心理会电视上播音员在说什么，谁还顾得上哪个战乱国家死了多少人，破坏得多严重，更别提那冗长无聊的世界经济报告了。

急诊室的两扇门打开了，候诊室里的每一只脑袋、每一只眼睛都转向那里。

一看见阿莫斯医生，劳伦立马站了起来。

“医生？”她颤抖的嗓音将她内心的恐惧表露无遗，这颤抖，连她自己都能感觉到，可她就是控制不了。

格雷格想必也听出了她的恐惧，因为他总能准确地捕获她内心的想法。他从椅子上起身，站在劳伦身边，双手握住她的手。

他的手坚实而有力，一股力量透过他的手渗入她冰凉的皮肤，传递到她的肌肉和筋腱，撑起了她整个身体。劳伦真想谢谢他的支持，感谢他的念头一直在她的大脑盘旋。但眼下她最想知道的还是她爸的情况，她目不转睛地盯着阿莫斯医生。

阿莫斯医生满头浓密的白发，留着精心修饰过的白胡子。劳伦以前总觉得，让他去扮圣诞老人再好不过了。他那双蓝眼睛亮闪闪的，嘴角挂着微笑。看样子，不是坏消息，可虽然如此，劳伦还是希望听他亲口说出来。

“他没事了，宝贝儿。”阿莫斯医生对她说，“他这会儿正在休息。”

劳伦只觉得膝盖一软，差点跪在地上。她长舒了一口气。格雷格显然是觉察到她紧绷的肌肉一下子松弛下来，赶忙搂住她的肩膀。劳伦闭上双眼，靠着他，感受到他坚实的臂膀。

天哪，我真爱这个男人。这个念头在劳伦脑海中掠过，却又立马消失得无影无踪。

“他心脏病严重吗？”格雷格问。

“检查结果还没出来。”阿莫斯医生把他们领到附近的几个椅子旁，示意他们坐下。

格雷格松开劳伦，拉开紧挨阿莫斯医生的一把椅子，让她坐下。

“抢救很及时，”阿莫斯医生说，“他要求做一个全面的血液检查。至少还得一个小时以后才能出结果。但是，心电图显示一切正常。约翰逊医生是心脏科的专家，现在在负责那块儿。”

“正常？”劳伦往前坐了坐，“这是好消息，对吗？”当然是好消息，但她这会儿似乎什么都感觉不到了。

阿莫斯医生点点头，“好极了。其实，现在可以确诊他不是心脏病犯了。”

“哦，医生，”劳伦出了一口气，“听你这么说我真是太高兴了。”

“那是因为什么呢？”格雷格皱皱眉，“劳伦说她叫救护车的时候卢的情况很糟糕。”

阿莫斯医生又点点头，“送进来的时候他的心率超过了正常的最大值。不过我来的时候他们已经把心率降下来了。”他轻声笑了起来，“其实我来也没帮上什么忙。老卢感觉好点儿以后就不想让我替他做检查了。但我和主治医师不停地劝他，他总算同意了。”

劳伦知道没有人比她爸脾气更倔。

“我跟他聊了一会儿。”阿莫斯医生下意识摆弄了一下塞在白大褂口袋里的听诊器，“一开始他一直吹嘘自己新交的女朋友。后来才发现我和她认识。她是凯蒂的一个朋友。”

劳伦点点头，“诺玛·琼在我那儿工作。”

“估计老卢和诺玛今晚有点儿过头了，”阿莫斯医生说，“他们一起吃了晚饭和甜点。用老卢的话说，巧克力是罪魁祸首。他们聊天时又喝了三杯咖啡，而且是每人三杯哟。”阿莫斯医生一脸幽默地看向劳伦，“我想你爸是咖啡因摄入过量才难受的。”

“但他还胸口疼呢。”劳伦对他说。

“那是因为巧克力消化不良。”阿莫斯医生把手放在膝上，“吃点儿抗酸药马上就好了。”

劳伦翻了个白眼。

格雷格和阿莫斯医生笑了起来，劳伦无奈地摇摇头。

“保险起见，我想让他在医院住一晚。”阿莫斯医生从椅子上站起来，“但他不听，说想出院，还说跟诺玛约好了在儿童群益会见面，得回家睡几个小时。我就跟他说没人喜欢硬逞能的人。”

格雷格和劳伦同时站了起来。

“我跟他说只有血液检测结果出来了才能走。有备无患嘛。”阿莫斯医生又不由自主地摸摸听诊器，好像总怕把它弄丢似的，

“你们可以过来陪他一起等结果。”阿莫斯医生边说边转身，准备朝金属门的方向走去。

劳伦正要跟过去，格雷格拉住了她的胳膊。

“我得走了。”他说。

劳伦看着他，惊讶地眨眨眼。

还没等她回答，阿莫斯医生把手伸向格雷格，“很高兴再次见到你，格雷格。可惜是在糟糕的凌晨。”

二人握握手，笑了起来。

“我在里面等你。”阿莫斯医生对劳伦说，说完，把手往白大褂口袋里一插，走开了。

劳伦不明白格雷格为什么现在就要走，“你不想进去见见我爸吗？”

“不啦。医生不是说他没事了嘛。”格雷格避开劳伦的目光，“你先进去吧。这周末我会和老卢联系的。我一定会说说他，干吗喝那么多咖啡。”

格雷格转身准备离开，劳伦突然觉得有些莫名的惊慌。她伸出手，拉住了他的袖子，衬衫的布料带着他的体温，他向前一走，便从劳伦手中滑落。他停了下来，看着劳伦。

“格雷格。”劳伦顿了顿，舔舔嘴唇，眉头紧锁，“谢谢你。谢谢你做的一切。”

格雷格用乌黑的眼睛看了看她，点点头，然后朝通向大街的门口走去。

劳伦看着自动门打开，看着格雷格走出医院，心乱如麻。她抛弃过他，她苛责过他，她诋毁过他，她对他不讲情面，出口伤人，可只需一通电话，他便立马来到了她的身边。

他是个好人。

这一点她一直都清楚，就在内心深处某个地方。问题是，有什么东西遮蔽了她的内心，是她的愤怒，是她的小肚鸡肠，是她的愚昧无知。过去的一小时里，所有的这些，这些蒙蔽她内心的东西，全部分崩离析了。坐在急救候诊室刺眼的灯光下，她又一次看到，他就是自己爱着的那个男人，他就是她选择共度一生的丈夫。

格雷格的身影消失在茫茫夜色中，那个瞬间，劳伦才发现自己陷入了巨大的危机中。所有的一切都被她搞砸了，大错铸成，无可挽回。他选择离开，他不肯陪她到观察室看老卢，他的意思已经很明显也很清楚了。

夫妻缘尽，亲情不再。

17

你是想给我“不是你的错，是我的错”这样的老一套说辞吗？“不是你的错，是我的错。”这样的说法就是我发明出来的。没人会说是别人的错，而不是他自己的错。如果有谁有错的话，那就说是自己的错好了！

——乔治·克斯坦萨[①]

劳伦把手里拎的袋子、杯子、提包和公文包统统放在一边，好腾出手开办公室的门。刚刚在星巴克碰见一个朋友，所以今天比正常上班时间晚来了一刻钟。

“早啊，诺玛·琼。我给你带了巧克力曲奇，还有一杯拿

① 美国 NBC 电视台《宋飞正传》（Seinfeld）中的人物。

铁。”劳伦停下来喘了口气。

“哦，巧克力曲奇。”诺玛做着“快给我，快给我”的手势，“我的最爱啊。”

“对不起，我迟到了。玛格丽特已经到了吗？”

“别急。”诺玛打开棕色的袋子，闭上眼深吸了口气，“她不来了。”

“可我们下周要见对方律师，讨论分割财产的事啊。”劳伦把东西放到诺玛桌子上，解开风衣腰带。

“显然，这周沙纳汉家的人内部和解了。”诺玛从袋子里抽出一张餐巾纸，“十点一刻之前你还能歇会儿。”

风衣从肩头滑落下来，劳伦拿在手里，站在那儿看着诺玛，“这是好消息。起码，对他们来说是。”劳伦说着走到柜子旁，“那就集中精力替玛格丽特夺回财产好了。”

劳伦转过身，诺玛正揭开咖啡的盖子，“老卢今天早上感觉怎么样？”

“好多了。”劳伦说。

两天前，老卢被送去急诊，身体上吃不消了，只好放弃在儿童群益会的义务工作。诺玛上完电脑课，回家路上顺道来看过他，但那时老卢在小憩。

“我们点的是低咖啡因的。”诺玛已经说了不下十次了。

两人信誓旦旦地说一定是服务生搞错了，给他们上了普通咖啡。诺玛自己当天也失眠了。

“不用说了，”劳伦柔声说道，“我相信你。”

诺玛呷了一小口拿铁，“分秒先生今早打电话来了。”

劳伦立马会意诺玛说的是谁，尽管诺玛给老斯科特起的这个新绰号让她差点就笑出来，但她很佩服自己的自控能力，完全没动声色。要是有点儿反应的话，就等于是鼓励这位屡教不改的诺玛再给人家想出一大串儿绰号来。自从劳伦跟她说了老斯科特差劲的床上功夫之后，诺玛就给人家发明了好多别出心裁的称谓来。

什么快又快，速战派，超音速，草草了事郎，速战速决先生，一触即发男。绰号显然是越起越有水准，其中有一个名字力压群雄，脱颖而出。有次，劳伦看到诺玛在便笺上提醒她有一通‘两下完事君’的电话留言时，嘴里的茶差点儿没从鼻子里喷出来。

“我跟他说你还没来，但他估计不信。”

劳伦把她那杯茶的盖子掀开，又掰了一小块诺玛的小松糕。“我真得抽空跟他谈谈了。”劳伦大口嚼着那块松软的蛋糕，细细品味巧克力在舌尖融化的感觉。

“他非要见你，”诺玛对她说，“他预约了一次法律咨询。”

劳伦不敢相信自己的耳朵，“在这儿？”

诺玛看着她，好像在问，不然呢？“他说只要能跟你谈谈，哪怕付咨询费都行。”

劳伦摇摇头，“我没晾他那么久吧？很久了吗？”不等诺玛回答，劳伦就瞪了她一眼，“你答应给他安排了吗？”

诺玛又点点头，然后咧嘴笑了，“下周四。”

劳伦大笑起来，“你太过分了。我会打给他——”

办公室大门开了，走进来的不是别人，正是两下完事君。劳伦体内两股肾上腺素急剧飙升。一股是因为她一直像躲瘟神一样躲着他，刚才一听说他为了见自己一面竟然预约了法律咨询，就明白他这么做一定事出有因。另外一股是因为她和诺玛正谈他谈得起劲儿，没想到他会突然冒出来。

“早啊，女士们。”

劳伦点点头，立马举起茶杯放在嘴边，掩饰自己过于僵硬的笑容。

如何挡掉一些客户的预约，劳伦早已驾轻就熟。要想在法律界站稳脚跟，就得学会对某些人说不。可她自己也说不清为什么害怕面对老斯科特。也许以前拒绝那些客户是因为他们想让劳伦做违法或者违背道德准则的事，而现在她想不出什么可行的理由来拒绝跟老斯科特见面。理由倒是有一个，但她不愿意对老斯科特直说。没有哪个女人愿意当面对一个男的说他“技术”不行。

“你还好吗，劳伦？”他气也没喘一口，继续说道，“我很想你。”

劳伦的笑容硬生生地僵在脸上，嘴唇几乎都动不了了，“嗨，斯科特。我挺好的。”

劳伦停顿了一两秒，什么也没说，老斯科特蓝色的眼睛里流露出无助的神情，像只挨了打的小狗。

“我想跟你谈谈，就五分钟。”

劳伦的心猛地一跳。“我也想啊，但是——”

“三分钟？”老斯科特继续坚持。

劳伦没敢抬眼看诺玛。

“哦，去吧，劳伦，”诺玛轻声责怪道，“给人家三分钟嘛。他一定会很快的。”

劳伦看了诺玛一眼，那双棕色的眼睛露出不怀好意的笑容，嘴抖得都快合不上了。

“斯科特，咱们到我办公室去谈吧。”劳伦说道，真佩服自己说这话的时候竟然没有笑场。她带着老斯科特穿过狭窄的过道，边走边想，她是不愿伤害老斯科特的感情的，能不伤害就尽量不去伤害。来到办公室，她把门关上，老斯科特转过身看着她。

“我有好消息要告诉你。”他对劳伦说。一边说一边把手伸进西装上衣的内侧里袋，掏出一张类似商务名片的东西，“我认识一个女的，她对你的旋转木马很感兴趣，是个经销商。她在弗雷德里克县有一家寄卖商店，在华盛顿地区有两家。我给她看了照片还有——”

“照片？你哪儿来的照片？”

老斯科特一脸的懊恼，“我去那儿了，去了仓库。我想打电话问你行不行，可是……呃，我们俩的时间一直对不上，后来，呃——”他耸耸肩“——我一直联系不上你。”

“我最近特别忙。”劳伦说。

老斯科特撇撇嘴，什么也没说。

劳伦专注地看着那张嘴，她绞尽脑汁也想不通，这世上怎会有这样的稀奇事：他单凭一吻便可俘获她的芳心，而他的床上功夫却烂到了家。

“总之，我，呃，”老斯科特继续柔声说道，“给这个女的看了那些马还有其他动物，她特别激动，说重新粉刷以后那些木马看着挺棒的，还说你可以卖个好价钱。”

劳伦没有伸手去接他手里的名片，老斯科特只好把它放在桌上。劳伦把一缕头发别到耳后，双臂交叉放在胸前，“斯科特，我……没想到，没想到你费了这么大劲儿。”

“你从一开始就说想卖掉这些木马。”老斯科特两手一摊，“我想你可能会喜欢，如果我能做点儿什么——”他再次摊开手比画了一下“——帮到你的话。”

他那语气仿佛在说，求你别把我甩了。劳伦叹了口气。“斯科特，我很感激你做的这一切。真的，但是……是这样的……那个……”

“你不想再跟我交往了。”老斯科特不假思索地脱口而出，像拔肉刺那样，带着点长痛不如短痛的决绝。

劳伦又叹了口气。她总得解决这个问题。她多想对他说，没错，我是不想和你再交往下去了，只希望你别问为什么。结果她却说，“我现在不想卖那些木马了。”

“哦？”老斯科特很惊讶。

一丝微笑悄悄爬上她的嘴角，劳伦莫名地笑出了声。哇哦，别说老斯科特惊讶，她自己也一样惊讶。她从没想过不卖这些木马，可那些话就那么自然而然地跑了出来。

“那你打算做什么呢？”老斯科特问道。

劳伦摇摇头，开口笑了起来，“我暂时也不清楚。不过我不太担心。顺其自然吧。”

老斯科特点点头，站在原地看着劳伦，看了一会儿，又把手插进裤兜里，“那……我们接下来的路到底该怎么走？我和你。”

当然是离得越远越好啊，劳伦心想。

“今晚一起吃个晚饭好吗？”

劳伦望望窗外，又转过头看看他，她应该给他一个真诚的回答。劳伦摇摇头，极其温柔地说：“对不起，斯科特。”

“噢，劳伦。”他喘了口粗气，“我就知道。到底怎么了？咱俩相处得不是挺好的嘛，一起吃了好几次很棒的晚餐。咱们都开开心心的，连床都上了。”

劳伦低下头，手指在额头上摩挲着，想把“来点儿性爱吗？”那个桥段从她脑海里赶走。

“我们在一起很开心，不是吗？”他恳切地问道。

劳伦做好应对的准备了，她看着他的脸说，“斯科特，你是个很不错的人。”

“那……所以呢？”他痛苦地皱起了眉，“你说，我做了什么让你不开心了。”

劳伦张了张嘴，很快又闭上，欲言又止。真相太残酷，到底要她怎么说？

劳伦摆出一副职业律师的表情，说道：“我只是觉得自己还没做好跟别人交往的准备。我才刚离婚没多久。我以为自己准备好了，其实……还没有。”老斯科特看上去一脸疑惑，劳伦觉得有必要再加上一句：“真的，斯科特。不是你的错，是我的错。”

他那宽阔的肩膀耷拉下来，“行，好吧，那就这样吧。”

有那么一会儿，劳伦真担心他会继续追问下去，好在他只是用手拢了拢他褐色的头发，然后冲她傻笑了一下。

“我们在一起的时候感觉还不错，对吧？”

劳伦笑笑，“是啊。”给他留点儿面子岂不是皆大欢喜。

他起身要走，劳伦侧身给他让路。他打开门，手扶着门把，“也许以后还可以再见面？”

“也许吧。”

谁都清楚，这是不可能的。老斯科特慢慢合上身后的门，劳伦叹了口气，刹那间，耳畔回荡响起他的请求声。

你说，我做了什么让你不开心了。

他真的到现在都不知道吗？难道他就没有觉察卧室里那一幕有什么不对劲吗?

你说，我做了什么……

“妈的，”劳伦暗暗骂了一句，“他是真不知道。”

劳伦捂住嘴巴，然后任手指慢慢滑过下巴，滑落脸庞，脑子一片混乱。老斯科特未来的约会对象似乎都在朝她大喊救命，求她校准这个男人的性爱雷达。劳伦想都没想，管他三七二十一，直接拉开了办公室的门。

“斯科特!”劳伦喊道。他停了下脚步。

转过身看着她。

“想给你三条建议。”

他站在那儿一动不动。

“第一，练习一下自我控制。第二，放慢速度。”劳伦停了一下，但愿他领会了自己的意思，“还有，第三，记得照顾伴侣的感受。”

他的脸唰一下白了，眉头打开，背挺得僵直。

劳伦关上办公室的门，倚门而立，只留老斯科特羞愧难当地站在原地，脸和脖子一阵红一阵白。是啊，她一定让他难堪极了。可她说的都是实话呀。

她几乎能听见他未来的女人们在冲她拍手叫好。

18

锁有缺，钥有缺，锁钥合一始无缺。

——洛奇·巴尔博亚[①]

劳伦还在倚门站着，这时，只听到门背后传来轻轻的敲门声。

“他走了，”诺玛·琼对她说，“他看起来脸够臭的。你还好吗？”

劳伦松开紧紧抱在胸前的双臂，转身开门让诺玛进来。

“还好。”劳伦松了口气，“可真是难啊。他难我也难。”

---

① 史泰龙主演的美国电影《洛奇》的主人公，电影讲述了寂寂无名的拳手洛奇·巴尔博亚获得与重量级拳王阿波罗·克里德争夺拳王的机会，实现其美国梦的故事。史泰龙凭此角成为好莱坞著名影星，“洛奇”因此成为家喻户晓的虚构角色。

诺玛摇摇头，“你不知道，他的脸涨得通红。我跟他说了句客套话，他压根没理我。”

劳伦走到房间中央，活动活动脖子和肩膀。跟老斯科特的此番见面让她全身肌肉紧绷，像个压扁了的弹簧。“都结束了，”她对诺玛说，“我把话挑明了，干脆利落，一刀两断。”

没错，分手就应该快刀斩乱麻，干脆利索。劳伦拢了拢头发，扭头向窗外望去，把金发甩到了背后。

“怎么了？”诺玛把玩着手里的钢笔问道，“我想你不会是因为和那个谁把话说开了而不开心吧，那个谁——”

“不。当然不是。”劳伦赶快截下话头，免得诺玛·琼再给老斯科特起个不雅的绰号，“不是因为那个。”劳伦只觉两只手闲得发慌，于是掌心一合，来来回回搓了起来。

“那，那是为什么呢？看你魂不守舍的样子。”

劳伦唉声叹气：“是格雷格。”

“我听老卢说他到医院去了。”

劳伦点点头，“对。尽管那天下午我对他说了一些不该说的混账话，他还是去了。我当时怕得要死，诺玛。我爸那时候看起来病得不轻。所以我就打给格雷格，他二话没说就来了。他可以不来的，他没这个义务来，但他还是来了。我，呃……他让我明白了几件事。”

几件事？说得多轻巧啊。根本就是格雷格一束强光打下来，照得她原形毕露。话说她这个人可真不怎么样。可即便如此，在她恐惧、孤独的当口，他还是赶了过来。

“若是换作别人，可能管都不管。但格雷格……他没这么做。”

诺玛笑了，“他当然会来啊。他是家人嘛。”

劳伦摇摇头，“我难过的就是这个。他只陪我等到结果出来，结果一出他就走了。阿莫斯医生说可以进去看我爸了，他却不愿意跟我一起进去。格雷格这么做好像是在告诉我什么。我打电话他就来，因为他就是这种人，心地善良的人。可他却不愿逗留，那个，就像家人那样多逗留一会儿。他一得知我爸没事儿立马走了，好像是想告诉我……我们不再是夫妻了。”

诺玛轻声回应道：“我就搞不懂了。这有什么可难过的？你们确实不是夫妻了呀，宝贝儿。”说完又小声加了句，“这可是你的选择，而且你那时候相当坚决啊。”

劳伦咬了咬下嘴唇，“有种一切都结束了的感觉，诺玛。我看着他转身离开，感觉……”那天晚上经历的一切简直太痛苦了，她都无法形容，“说这话好像太迟了，因为，我发现，我对他还有感觉。”

那不是什么感觉，那是爱，她还爱着那个男人。再看看诺玛，已然惊讶得说不出话来。

“我想，现在这样也好。”劳伦穿过办公室，绕到办公桌旁坐了下来，“我和他根本不是一路人。我往东，他往西。我往左，他往右，在一起生活简直不可思议，婚姻更是一团糟。”她毅然决然地摆摆手，“我得自我克服一下。格雷格已经跟我握手言和了。我也不能得理不饶人是不。”

“停，先等一下。”诺玛两步走上前，站在办公桌正前方，“不是一路人也不一定是坏事啊。我家那位哈利，但愿他在天堂得到安息，跟我简直一个白天一个黑夜，但我们相处得很好啊。我们的生活也不可思议，可是棒极了。”诺玛把笔夹在耳朵上，“不可思议也可以很美好啊。怎么说，看看我和你爸就知道了。我俩的性格大相径庭，就像磁铁的两极，宝贝儿。你自己也这么说过，可我们在一起就能擦出火花来。”

诺玛弯下腰，用手拄着办公桌，“大自然处处有对立，劳伦。有夏天就有冬天，有白天就有夜晚，有湿就有干，有热就有冷。要是太阳一直不下山，我们怎么知道月光有多美。”诺玛咧嘴笑了，“而且，亲爱的，美妙的事情通常都是在月光下发生的哟。”诺玛笑了起来，声音低沉而沙哑，然后她又一本正经起来，“等等，我思想太发散了，刚才想说什么来着？”

尽管内心沮丧，劳伦还是勉强笑笑，“对立？”

“哦，对。对立才能凸显差异。”诺玛皱皱眉，“这好像说不通，是吗？”然后又换了一个说法，“女人要是跟和自己性格一样的男人待在一起，那她就永远没有机会展现自己性格最美好的一面了。反过来也是一样。”诺玛挺直了身体，“明白？”

一段模糊的往事在劳伦内心深处慢慢浮现，蒙蒙胧胧，像是一个迷雾笼罩的早上。有一次，她和格雷格相约看了部言情片，看完后两个人兴高采烈地讨论了半天。劳伦想啊想，努力回想着当时的情形，突然，往事清晰起来，却见她双颊绯红。

“哦，宝贝儿，”诺玛·琼说，“我把你弄得更晕乎儿了。”

劳伦抬起头看着诺玛，感觉一颗心就要融化在胸口了。“哦，哦，诺玛·琼，”她停下来喘了口气，“我知道格雷格的意思了。我终于明白他想让我知道什么了。”她猛地向后推开椅子，轮子轰隆隆地滑过橡木地板，她一把拉开桌子的抽屉，里面的东西震得啪啦啪啦乱响，“我竟然一直没明白过来。这么长时间，浪费了这么长时间，是我没弄明白。”

“什么？没明白什么？”

抽屉并不算深，劳伦在里面乱翻一气，很快抓到一把小钥匙，紧紧地攥在手心里。她飞快地站起来，碰得身后的椅子咣当一下子撞到了墙上。

“诺坞，我得赶紧出去一趟。去趟银行，再去趟……”劳伦扫视了一圈办公桌，找她的提包。突然想起她把一堆东西都放在诺玛桌上了，于是径直走向接待区。

“劳伦，等等。”诺玛紧跟着她走了出来，“你十点一刻的预约怎么办？”

“我会赶回来的。”劳伦停都没停地一把抓起提包，“但愿吧。”

可她现在已然顾不上这些了。

“劳伦！你的外套！”

此时她已经冲到了人行道上，担心诺玛听不见，于是大声喊道：“我没事！”哦，好吧。等她回来再解释为何走得这么急吧。

劳伦飞快地穿过大街，走进银行，谢天谢地，没等多久就见到了网点经理玛莎。玛莎帮她打开了她的银行保管箱。劳伦从那保险柜的金属盒里抽出两个信封，脸上露出得意的笑容，紧接着，她又抽出第三个信封。

会做好事的可不止你格雷格一个人哟。

谢过玛莎之后，劳伦走出银行，脸上的笑容渐渐消失了。万一太晚了怎么办？万一他不再需要了怎么办？万一他的耐心已被自己榨干，决定放弃这种乱糟糟的生活了怎么办？

她猜想，这一切的结果可能就是：她自己在犯傻。可她已经傻得够久了，再多傻几分钟又有何妨？

劳伦发动了汽车，却不知道该往哪儿走。但身为一个神通广大的律师，她总是知道该去哪儿找需要的答案。于是，劳伦拨通了老卢的电话。

“嘿，爸，”老卢在电话那边应了一声，劳伦又问道，“格雷格今天在哪儿？”

“噢，劳伦，你能消停会儿吗？他又怎么你了？”

“爸，他没怎么我。我就是想跟他谈谈。”

“你不是有他电话嘛。”

“有是有，但我想见他，爸。”说完又纠正道，“我想给他一个惊喜。”

“什么惊喜？”老卢态度冷冰冰的，听起来满腹狐疑。

劳伦咬了咬牙，“我说了是惊喜，爸。要是随便什么人都知道的话就不叫惊喜了。不是吗？”

“劳伦，我可不是随便什么人啊。”

劳伦摇摇头。她爸这暴脾气又来了，显然他已经从那场恐怖的急救中完全恢复过来了。

“爸，”劳伦耐心地轻声说道，“你到底知不知道格雷格在哪儿？”

“据我所知，他还在替那个女的忙活车库的事。他好像说今天要刷漆。”

“你这会儿是坐在电脑前面吗？”

“不然呢？”

“能不能到页网上帮我查一下乔·利·斯特普尔顿的住址？替我查一下好吗？”

劳伦发动了汽车，打开暖风。刚才真应该听诺玛的，把风衣穿上。

“查到了吗，爸？”

“等会儿，等会儿。咱的网速快是快，可还没快到超音速。找到了。正在加载。”

老卢很快报上地址，劳伦道了声谢，啪嗒一下合上手机，然后把车子转进第三大街，朝枫林镇开去。

一刻钟不到的样子，她的车缓缓驶入乔·利家的街道。等她瞥见格雷格的卡车时，自己的车子已经开过了那个带独立车库的殖民地时期风格①的房子。她把车子往后倒了倒，然后停在路边。她从副驾驶座上拿起那几个信封，又从后视镜里照了照自己。

“好了，”她低声自语道，“没什么大不了的。”

不入虎穴，焉得虎子。

不入深潭，焉能捕鱼。

大胆向前，福佑自来。

日行一险，人生精彩。

从古至今，圣人智者穷其一生想出这些人生箴言，鼓励世人大胆冒险。他们个个都在说，唯有冒险，才能获得成功，才能得到幸福，甚至是成就其伟大。好吧，劳伦心想，要是死都不怕的

① 这种建筑风格可以追溯到十八世纪，美国尚处英属殖民地时期，其典型特点是两层小楼，带有门廊。

埃莉诺·罗斯福[1]活在今天，肯定会像开屏的孔雀一样骄傲自豪。可是，此时此刻，自己的心里却怕得要死。她边走上通往车库的车道，边把汗津津的手掌心在大腿上蹭了蹭。

车库原有的金属门拆掉了，取而代之的是寻常店面的造型：这边一扇厚实的玻璃门，那边一扇大玻璃窗。劳伦轻轻敲了下玻璃门。

“开着呢！”格雷格喊道。

劳伦走了进去，看见格雷格正从梯子上爬下来，手里握着一把油漆滚筒刷，衬衫上布满了白色的棚顶漆，这儿也是，那儿也是。

“劳伦。”

他的语气听上去惊讶极了。显然，他根本不想见到劳伦。劳伦的心隐隐作痛。

“出什么事了？卢还好吗？”

“我爸很好。好得让人心烦。”她笑笑，“我给他打电话问他你在哪儿，没说两秒他就能把我气得咬牙切齿了。”

---

① 全名安娜·埃莉诺·罗斯福（Anna Eleanor Roosevelt），美国第 32 任总统富兰克林·德拉诺·罗斯福的妻子，以杰出的社会活动家、政治家、外交家和作家的身份被载入史册。埃莉诺一直为民众工作到生命的最后一刻，1962 年秋天，她感到自己只有几个月的时间了。她忍受着巨大的痛苦，痛苦得使她请求别让她再忍下去，让她去死。“我不怕死。”她对所有关心她健康的人说。埃莉诺·罗斯福于 1962 年 11 月 7 日逝世，时年 78 岁。

看到格雷格咧嘴一笑，劳伦的心怦怦直跳。

“那他一定是身体完全恢复了。”格雷格说。

劳伦点点头，穿过宝蓝色的地毯，小心翼翼地避开铺着的塑料布。

“你气色不错呀，格雷格。”格雷格可一点儿也没觉得自己气色有多好。劳伦努力控制着自己的眼睛，好让它们别老围着格雷格的身上打转儿，“你还好吗？”

格雷格点点头，眉头微皱。不用说，她的到来把他完全弄蒙了。

劳伦环顾四周，“这儿真不错。你的活儿做得真棒。乔·利一定很高兴。”

格雷格又点点头，眉头皱得更深了，只是这次动作放得更慢了，表情也加困惑不解了。他弯下腰，把滚筒油漆刷放在盆里。

空气中弥漫着一股“新地毯”味道，混着浓浓的油漆味儿。隐约间，劳伦似乎听到有辆汽车从窗外驶过，那声音又不太真切。她透过大大的窗户朝街上望去，又回过头看看格雷格，这才发现他下巴上有一块白色的油漆，她笑了笑，下意识地紧张起来。

除了你自己，谁都帮不了你，她对自己说。那就行动啊！似乎是受了心理暗示的鼓励，她向他靠近了一步。

“给你，”她说，把带来的那几个信封递给他，“希望你能收下。”

“这是什么？”他接了过去，乌黑的大眼睛一直盯着劳伦的双眼。

“地契。蚊腿儿路那块地的。”她把头发拨向耳后，“但我跟你说啊，这块地很值钱的。”说完又强调了一遍，“值好多钱呢。所以你可别随随便便就把它送人了。”话一出口，她立马意识到这话听上去怎么像是指责，于是赶紧补了句，“我不是说你会这么做。只是……”后半句话吞进去了。

“能拿它干吗呢？”格雷格瞥了一眼手中的马尼拉信封，“能在那儿挖石油么？”

劳伦直接笑喷了，那笑声像一串串快活的银铃儿，“不，不是的。地不值钱，值钱的是那个旋转木马。”

“真的？”

她点点头，“真正值钱的是那些个动物，要卖钱的话，得拆下来一个个单卖才行。”看看他脸上的表情，她忙补充道，“对，我知道。我能理解你的感受。我只是想让你知道。”既然提到了那些木马和其他动物，劳伦的脑袋里又有了另一个点子，“哦，我打算继续雇你朋友给这些木马刷漆，为了你，我愿意这么做。”

格雷格盯着劳伦看，好像她头上突然又多长出一对耳朵似的。

“这是你的支票。”劳伦递给他另一个信封，“我从来没有去兑换过现金。还有——”她把最后一个最大的信封塞进格雷格手中。“这是我的房契，”说完立马纠正道，“我们的房契。这里有你的一份，你当时真应该跟法官争取一下的。”接着，她对他说，“我希望你能拿着。这三样都拿着。”

她说话的当口，格雷格那紧锁的眉头终于渐渐舒展开来，眼中笼罩的迷雾也慢慢消散。

平静地，他说道：“你终于想起来了。”

他的眼睛透露着无动于衷的神色，嘴角的微笑也消失不见。劳伦感觉从头到脚的不安，眼睛看着别处点点头，算是回答。

婚后不久，他们便一起看过一部电影——是一部黑色喜剧，剧中一对夫妇闹离婚，闹得一个比一个凶。看完后，俩人展开激烈的讨论，讨论离婚应该是怎么个离法。劳伦说她会在法律允许的范围内尽力争取每一分钱，而格雷格却说他会拱手奉上自己拥有的一切，他说，如果有一天他们也闹离婚，那么错的一方一定是他而不是劳伦，他会想尽一切办法让她回心转意。

“我记得，”她低声说着，目光又拉回格雷格的脸上，“那晚我快被你气死了。”

他的嘴角终于露出了笑容，劳伦知道他也想起来了。

格雷格看了一眼那几个信封，“咱俩做事的方法总是隔着十万八千里。”

她仔细端详着格雷格的脸，怀疑自己这一年多没有他的日子究竟是怎么过来的。她真想伸手把他下巴上的油漆擦掉，却又不敢去擦，“我们两个差别很大，没错，可那不是我生气的原因。

我气你是因为你想到了一个比我浪漫百倍千倍的方法。我的方法都是那么铁石心肠，而你的方法，却像是……恋爱中的人想出来的。你总是这样。无论什么时候，你总是像一个丈夫那样去爱护他的妻子，像一个结了婚的男人那样去爱他的家庭，像一个信徒那样永远守候着他的婚姻。”

他把视线从她脸上移开，显然，她的赞美让他有些难为情。

“不知我有没有会错你的意思，”她对格雷格说，“还记得法官把地判给我的时候你是怎么说的吧。”

他把目光投回她的脸上，“我本来打算修好那座旋转木马，然后给你一个惊喜。但法官判得太快，我来不及。”

两人陷入了沉默。

终于，劳伦开口道，“我真希望你当时能告诉我为什么那么做。”内心的情绪如暴风骤雨般急速聚集，她觉得呼吸都有些困难。

“我不能说啊。”格雷格伸出手，握住梯子的一截横档。“你得自己去想，想不想得明白，全靠你自己啊。”

她哽咽了，“你倒挺耐得住性子的。”

他抬起一只肩膀，“反正我有的是时间。我对咱俩有信心，劳伦。我们彼此信任。希望这种信任足够强大，能帮我们渡过难关。”

一个像白天，一个像黑夜，他们的差异就是这么大。对劳伦来说，只有每一步都踩实了，她才肯往前迈；可是格雷格不一样，管它前面有没有路，只需义无反顾地向前踏步，其他的全交给信念和希望。

“格雷格，我盲目、自私又愚蠢。我失望不是因为你，而是因为失败。出了事，我不知道该怎么应对，最终全搞砸了。你最需要我的时候我没有站在你身边。我现在意识到了，我简直不值得原谅。对不起，我现在最大的愿望就是有一天你能打心底里原谅我。今天或许够呛，明天也不行，但总有一天……我祈求你的原谅。”

这些话是从她嘴里说出来的吗？愿望和祈求？也许她还有得救。

轻轻地，她长舒了一口气，感觉压在胸口的石头总算被移开了。看着他那深邃又坚定的眼睛，他在想什么？他作何感受？她依然想不出。无论如何，她已经尽力了。当年她把他活生生拖进这场伤人的离婚游戏时，他立马把发球权给了她。她花了一年多的时间才明白手里的这个球代表着什么，才把这个球给他扔了回去。下一步要看他的了，谁知道他还愿不愿意把这个游戏继续玩下去。

“行，我要说的就这些。”劳伦抬起双手，用手掌轻轻拍了拍大腿，“我有个客户马上就到了。我得走了。”

她转身要走，只听到格雷格叫住她的名字。她停下了脚步，转过身面对他，心里既紧张又激动。

“如果我接受你的道歉……”他的手从梯子上滑下来，垂在身体一侧，“如果我原谅你，此时此刻就原谅，那然后呢？”

他的目光无比炙热，充满期待又有些怀疑。是啊，这可以理解。她把这个男人扫地出门，她一纸诉状将他告上法庭，她逼着他不到两年就签了离婚协议，她骂过他各种难听话，她嘲弄他，伤害他，挖苦他……难怪他这么小心翼翼的。

她只是没想到他这么快就把球传到了自己手里。她打算把这一分记给他，把这一来一回的得分都记给他，把这全场的得分都记给他。这是他应得的。

有种大胆的，甚至是一种欲望在她体内蔓延开来，她慢慢走向他，离他只有咫尺之遥，她把手放在他宽阔的胸膛上，体温透过他的衬衫传来，她不禁心跳加速。

“如果你原谅了我，”她凑上前轻声说着，“然后我保证我会一辈子尽我所能让你幸福。我要做一个金牌妻子，永远——”她踮起脚尖，在他嘴上轻轻一吻，“永远——”接着又一下“——不会再怀疑你。”她傻傻地饱含歉意地一笑，“当然，我还是那个我。所以没法保证不生气，但我会尽力——”

他把食指轻轻按压在她的唇上，不让她继续说下去，“这辈子让我开心幸福就够了。”他用鼻尖蹭蹭她的太阳穴，呼吸着她的香气。他再次看向她的脸庞，黑玛瑙般的眼睛摇曳着丝丝欲火，

“我从来没想让你变成另外一个人。”

劳伦融化在他怀里，“那个，我来的时候没想到会这样。我只是来和好的。我没想到……没想到你会原谅我。”她搜寻着格雷格的目光，喘了口气，“所以来吧。”他吻上她的嘴，热烈而湿润，带有强烈的占有欲，却很甜美。劳伦心里怦怦跳个不停，头开始晕眩。

两人分开时，劳伦觉得自己仿佛跑完了一场马拉松。

“要是我们能回家就好了，”她说，声音有些沙哑，“但的确有客户要来办公室。”

“我也答应了乔·利今天会把油漆刷完。”

劳伦轻声笑起来，额头靠在格雷格的胸膛上不想起来。她抬起头看着他，一本正经地看着他的脸，他的眼睛。

“我爱你，格雷格。”

他把劳伦拥入怀中，他手上拿着的装有地契和支票（一辈子的家当）的信封贴在她的背上，凉飕飕的，而他环抱她的双手和臂膀却是热乎乎的，踏实和爱包裹着她。

“我等你这句话差点要等到白头了啊。”格雷格在她耳边低语。

劳伦抽身出来，手从他肩膀上放下来，他松开她。那一刻，劳伦觉得羞愧难当，甚至有些尴尬，真是蠢死了。这就是格雷格啊，一直以来包容她原谅她的男人，一直以来对他们的感情充满信赖的男人。劳伦认识了他将近半辈子，可还是觉得新鲜、刺激，与众不同。

她站起身来，退后一小步，看看地板，又看看他的脸，然后伸出手来，用大拇指擦去他下巴上的小油漆点，“那……晚上来家里吃个饭？”

“老时间？”他问，说完，抓起她的手，轻轻掰开她的手指，在掌心印上一吻。

劳伦浑身的血液都要沸腾了，她微笑着说：“好啊。就老时间。”

劳伦记不得自己如何打开门出去，甚至想不起自己怎么就走回了车里，估计这一路上都轻飘飘的。沉浸在纯粹的幸福之中的女人呵。

尾　声

我喜欢婚姻，下半辈子拥有一个你想永远招惹下去的人是件很美妙的事。

——丽塔·拉德娜①

“天哪，你还是赶紧把这套衣服给换了吧。”老卢埋怨道。

尽管有点小不爽，劳伦还是冲父亲乐了一个，“这可是我的战袍，穿上准赢。”

周三晚上已经成了他们的父女之夜。为了给共有的美好时光加点料，他们通常会先吃晚餐，然后再由两人轮流挑选一个家庭娱乐项目。今晚，本该轮到劳伦来选择，可老卢想要在劳伦家玩

① 美国喜剧女演员、作家。

儿疯狂八点[①]，还邀请了诺玛·琼、阿莫斯医生和他夫人凯蒂。

劳伦有些闷闷不乐，倒不是因为今天是周三，其实她很期待和老卢共度周三晚上；也不是因为老卢厚颜无耻地篡夺了她的晚间娱乐选择权，更不是因为她还要招待一屋子意外来客。

不开心是因为，她下班刚到家，就听老卢说格雷格打电话来，说他今晚不能来参加活动了。劳伦给他打了两次电话，但每次都直接转到了语音信箱。

“我的牌走完了！”诺玛晃着肩膀，大声叫道，“你们快数点数！”

“诺玛·琼，你怎么能这么对我呢？”凯蒂长叹一口气，拢了拢手里的一大把牌，然后又短又粗的手指敏捷地数着点数。

“哎呀呀，亲爱的，”阿莫斯医生安慰她说，“有赢有输嘛。”

凯蒂看看自己手里抓的这一把牌，再看看他丈夫手里仅有的三张， 舰着脸说：“拿走点儿，查理。”

“给我记二十分，”劳伦说着把牌扔到桌上，然后把椅子从餐桌旁拉开，站了起来，“我去厨房拿点儿椒盐脆饼干。你们还需要点儿什么吗？”

没人理她，劳伦只好起身离开。真是奇怪，有这么多人在，

---

① 美国的一种纸牌游戏。

可她还会觉得孤单。她好想格雷格啊，可笑的是，她二十四小时前才刚见过他。

跟格雷格和好已经三周了（确切地说是二十五天，但谁会算这么清啊），在这三周的时间里，发生了很多变化。老卢又搬回了自己的公寓，虽然劳伦敢肯定他大多数时间都在诺玛·琼家过夜（简直不敢相信他的性生活比自己还要多。人生啊，还真就这么不公平）。他和诺玛都快成一家人了。感恩节的整个下午过得温馨而又混乱，诺玛·琼带来了三个已成家的儿子，还有他们的老婆和孩子，一大堆孩子在屋里跑来跑去，又喊又笑。一整天下来，劳伦和格雷格只得默默地用眼神交流彼此的意图。吃饭时乔伊和吉米为了争夺挨着奶奶的位子差点打起来；佐伊撞到了餐桌上，疼得一个劲儿又哭又嚎；托马斯和梅琳达把牛奶洒了一桌子；后来水晶糖果盘也掉在地上摔了个稀碎，谁也说不清它是怎么掉到地上的。不管怎么说，这是劳伦过的最有意思的一个节日。

这几周里，她和格雷格的关系也突飞猛进。劳伦提议让他马上搬回家住，但格雷格拒绝了。他觉得恢复同居之前应该去做一下心理咨询，劳伦觉得这个想法挺不错。结果，还没怎么着呢，咨询师就给他们定了条规矩，绝对“不准做爱”，劳伦当场跳脚，差点儿喊出来“不行！怎么能这样呢！”当然了，喊也是冲着格雷格喊，可不能对咨询师喊。可她终究还是答应了，因为她确实也想从过去的经验里学到点什么，免得重蹈覆辙。不过，守规矩可不意味着要在沉默中煎熬。今天早上，主题为“承诺”的心理咨询结束后，她跟格雷格开玩笑说自己封存已久的秘密花园就像胡佛水坝[1]，马上要决堤了。格雷格回给她一个吻，她当时就觉得骨头都要酥掉了，整个人更加焦灼难耐了。

所以重点是，人家老卢，人虽然怪一些，但他宝刀不老，雄风凛凛，而她却要独守空房。虽然她和格雷格只差那么一丁点儿就要在一起了，可她的“大饥荒”依然……没有满足。这可不是她期待的圆满大结局。不过，有个男人说了这么一句谚语，她觉得自己还很认同的：“只要压轴的角儿还没上台，戏就还有的瞧”。

就在这个时候，凯蒂·阿莫斯飙了一句高音，声音大得快把劳伦的头发都震起来了，害得她差点儿没把从厨房拿来的一包椒盐饼干掉在地上。

“单凭这一嗓儿，”凯蒂吸着小鼻子自吹自擂道，“圣诞大合唱的时候，教堂唱诗班的指挥就得选我来首独唱。”

手机响了，劳伦从牛仔裤的腰带上取下手机，一看屏幕上闪着格雷格的名字，她会心一笑。

“我一直担心你呢。”她招呼道。

“对不起，我差不多一下午都在忙活。”

---

① 美国最高的水坝，位于科罗拉多河下游。

光是听听他的声音就已然让她心跳加速了，“你在哪儿？”

他跳过她的问题，直接来了一句，“你能来见我吗？”

“哦。”她这一声“哦”拖得长长的，像是在发牢骚，“我也想啊。可今天周三。爸在我这儿呢，还有诺玛·琼和阿莫斯医生夫妇。”说完又补了一句，“你原本也该在这儿的。”

“对不起。”三个字像轻轻吹进她耳朵里的。

她小鹿乱撞。

“这样，你问问老卢能不能让你出来一会儿。”

“你这把还玩不玩了，劳伦？”老卢边洗牌边冲她嚷嚷。

“等我一下，爸。”劳伦不想让老卢失望，每周三的聚会让他们比以往任何时候都要更亲近。格雷格知道周三晚上意味着什么。

“我希望你能来，”他轻声说，语气中带着些坚持，“我想给你看样东西。”

劳伦屏住呼吸，从头到脚打了个激灵。天哪，她记不清有多久没听过这句话了。

“爸——”劳伦抑制不住自己激动的心情，“——我出去见一下格雷格行吗？就一会儿。”说完立马问格雷格，“会很久吗？”

“不会太久吧。”他模棱两可地说。

老卢眼都没抬，“好，去吧，我有这么多人陪着呢。”

再看另外三位，诺玛·琼、阿莫斯医生还有凯蒂，一人手里一把牌，都在埋头研究各自的战术呢。

“我这个可有可无的人啊，”劳伦这边跟格雷格说着，那边已经朝门口的衣帽间走去。也许她该意识到，卢·汉克维克那么爱抱怨的一个人，怎会放过这么千载难逢的好机会？可眼下她顾不了那么多了，她唯一在乎的就是格雷格为她准备的惊喜。“你在哪儿？”

“在仓库。快来。”

从出发到仓库劳伦只用了不到十一分钟，这速度，就连顶级赛车手杰夫·哥顿都会为她竖起大拇指，绝对是她个人的最好成绩。

破旧的仓库外墙上刻满了大大小小的缝隙，屋里昏暗的灯光透过这缝隙撒到了地上薄薄的一层冬雪上。劳伦把宽大的木板门拉开一个小缝儿，刚好够她溜进去。

劳伦被眼前的景象惊呆了，发出一声咏叹调般的赞叹，“哇——”十几支蜡烛相互辉映，烛光顾盼着，摇曳着，蜡烛下面是一块方形的金属反光板，光影被反射到墙上，椽柱上，整个屋子蒙上了一层柔和而浪漫的玫瑰色光晕。

格雷格站在旋转木马旁，劳伦走上前去，四目相对，深情相望。

“嘿。”她终于打破了沉默小声说道，双手抚过他结实的胸膛，搭在他宽阔的肩膀上。

“嘿，你来了。”

格雷格双手搂在她的腰间，拇指插进她牛仔裤的腰带里。结婚这么多年以来，这几乎成为他拥抱时的规定动作，做过成百上千次了，可劳伦当时是那么不以为然，如果时光能倒流的话，她真想现在就跑回去扇自己一巴掌。她微蜷着身子，像只温柔的猫咪，肚子紧贴着他，似在诉说着，嘿，我已经激情燃烧了。他那双黑夜般深邃的眼睛轻轻眯起，眼神中闪烁着欲望的火花，他这么一来，劳伦便更觉欲火烧身了。

她踮起脚尖，在他嘴上轻轻一吻，“我想要你，我快受不了了。”

同样的，格雷格眼中也跳动着欲望的火苗。

他吻了吻她的鼻尖，问道，“要来一次吗？”

这久违的期待啊，整个身体为之骚动，她咧着嘴，一脸坏笑。

“我是说骑旋转木马，傻瓜。”格雷格将她轻轻推开，“阿德又刷完一匹马。真漂亮！我重新连接了一下外圈的开关，给传送带上了上油，灯泡全都换成新的，音乐盒也擦干净了。”

他的微笑里透着一丝神秘，那神秘让她满心好奇。

“我把拉环箱里的加载装置也修好了，诺，把它挂在那根柱子上了。”格雷格指了指，“要不要试一下？”

“好啊好啊！”她叫着，兴奋之情溢于言表，格雷格啊，格雷格，唯有他才能带给她如此的快乐。

经过一番重新粉刷，那匹花色的小马驹焕然一新，骑上马背之前，劳伦忍不住欣赏了起来：它身穿一件棕黄底、乳白色斑点的外衣，马鞍和缰绳还点缀上了闪亮的银色铆钉！

把所有的动物整饰一新还要再等上几个月，但旋转木马已经基本成型了。格雷格盘算着，等春季和夏季到来的时候，每个月找个周六将这里开放一次，让儿童群益会的孩子们过来免费玩上一天。他梦想着能再找些旧式的游戏项目，说不定还可以在仓库周围建上一个小型的高尔夫球场。如今，斯特林地区现有的那些个游乐场，收费都贵得要死，格雷格想打造一个价格亲民的游乐场，填补这个市场空缺。

劳伦右脚踩在金属踏板上，左腿跨过小马驹的脊背，骑到上面，拉起缰绳。“好啦！”她喊道，想到一会儿就能抓住铜环，脸上忍不住乐开了花。

“抓好了，”格雷格提醒道，“开始了啊。”他按了按钮，木马开始转动。

旋转木马飞快地加速，丝毫没有她以前坐的那种磕磕碰碰的感觉。她随着身下的木马上下起伏着，终于，挂着铜环的盒子出现了。她身体前倾，伸手去够。眼看就要抓住了，她突然把手缩了回来，大声尖叫起来。原来，她把盒子下面挂着的东西看成了一只正在吐丝的蜘蛛。

她转过头又看了一眼——蜘蛛才不会发光发亮呢——可惜那根挂有铜环的柱子已经离自己很远了。

等转到格雷格身边的时候，劳伦耸耸肩，从实招来："没抓住。"这个小笨蛋！格雷格那黑色的大眼睛里打上了两个大大的问号，眉毛也跟着皱了起来。

转第二圈时，劳伦没去理会那个盒子，而是把注意力全都集中在绳子下拴着的东西上，那是一个闪着金光又带着些白光的东西。她咧嘴大笑着，伸出手去抓啊抓，终于在最后一刻抓住了它。

是她的戒指，格雷格第一次求婚时送给她的那枚钻戒，劳伦喜极而泣。旋转木马停了下来，她惊讶地发现格雷格刚才站着的地方空无一人。她左顾右盼，搜寻着格雷格的身影，却见他正从一群木马动物中挥着手走来。

等劳伦纵身跳下花色木马时，格雷格已经来到她身边。她双臂环抱着他，不停地亲吻着他，手里紧紧攥着那枚戒指。突然，格雷格警觉地向后抽身，显然是尝到了她脸上滚落的咸咸的泪珠。

"你哭了。"

"我太开心了，"劳伦对他说，"我想想都觉得后怕。万一我没记起那个电影呢？万一我不记得我们的那次讨论了呢？那是好久以前的事了。万一我一直生你的气怎么办？万一你等得不耐烦了呢？"

他吻住了她的嘴，"别再说那些'万一'了，好吗？"劳伦的胳膊紧紧绕着他的脖子，他把她的胳膊拉下来，从她手里拿起戒指。

“你怎么做到的？”劳伦轻声问。她一直把这枚戒指放在梳妆台上很不起眼的一个盒子里。

格雷格笑起来，“为了帮我找到它卢可没少花时间。”

“爸？”

格雷格笑着点点头。“他可是全程参与哟。前几天他帮我找到了你的戒指。我本来打算圣诞节的时候给你一个惊喜的。但你今天说了句话，所以我觉得还是今晚时机比较好。”他的声音柔和了下来，如丝般滑过她的耳朵，“你说，你的大坝快决堤了。”

她大笑起来，“是啊，可不是嘛。”

他注视着她的双眼，“那么，你愿意再嫁给我一次吗？”

劳伦觉得心中感慨万千，却不知如何表达。她点点头，伸出左手，格雷格把戒指戴到了她的无名指上。

“你说布鲁克斯法官还愿意给咱们证婚吗？”

劳伦爱死这个主意了，“肯定愿意。”突然，她心中闪过一丝内疚，忧伤爬上了眉梢，就是自己和老斯科特之间发生的那件欠考虑的事，她想要告诉他，“我有事得告诉你。”

他抚摸着她的脸，用手指舒展开她紧锁的眉头，“算了，”他轻声说，“我只需知道你现在在这儿，和我在一起，这就够了。”他吻了吻她的眉头，“我不是逃避。我只是相信不管发生了什么，都是有原因的。”他又亲亲她的脸，“所以，你现在才会弄清楚自己想要的到底是什么。”

她双手捧起他的脸，亲吻着他的嘴唇。他们热烈地吻着，如同他们的初吻。他们疯狂地吻着，嘴唇始终没有分开。

“这儿不会太冷吗？”他担心地挑挑眉。

“好热。”她的声音有些沙哑，“太热了。”

突然间，她冷静了下来。如果说，未来的某个时刻，他会为了眼下的行为而后悔，会为了今晚发生的一切而后悔，那将是她最不希望看到的结果。于是，她按住了他的手。

“沃伦医师怎么办？”她问，“给咱定的那些规矩呢？”

“那规矩简直是泯灭人性，有违天理，他自己怎么不试试。”格雷格回答道，边说边迅速解开她的衣扣，把衣服蜕到她的肩膀下。他亲吻着她，她的锁骨，她的耳后，在一寸寸肌肤上留下他滚烫的热吻。

“格雷格，”她轻声说，“我们要个孩子吧。”

他抬起头。

“不行不行，一个不够，我们生一窝孩子吧。”

他大笑起来，“你疯了吧。过完感恩节，我还以为——”

“我爱疯！”她对他说。

他难以置信地看着她。

爱疯，她做了个口型，没有出声，然后低语道：“就如同我爱你。”

他给了她深情一吻，“好了，我们一步一步慢慢来。”

然后，就在那座旋转木马上，确切地说，是在那匹粉饰一新的花色马驹上，劳伦的“大饥荒”，随着木马那上下起伏的节奏，和着烛光那摇曳生姿的舞步，来了一次格雷格式的完美大终结。哦，对了，一次哪够？

过了许久、许久之后，劳伦终于感觉自己全身的肌肉恢复了活力，抑制多时的压力也烟消云散，身体的，心理的，各种欲望全都得到了满足，劳伦发现自己一直在笑。再看四周，两人的衣服，腰带，内裤，鞋子，扔得哪里都是。他们一边四下归拢着迅速穿好，一边痴痴地傻笑。劳伦坐在锯木架的横档上，低头却见自己光着一只脚丫，又咧着嘴笑了起来，再抬起头看看格雷格，他正傻和尚似的挠着脑袋，嘴里念念有词地在木马周围一顿乱找，却怎么也找不到她的另一只袜子。

劳伦晃着脚，风吹过，脚趾头冷飕飕的。她想：生活和爱情，就像眼前这座旋转木马，有瑕疵，有缺陷，不甚完美，但只要找对了身边的那个人，便能开启活色生香的幸福之旅。

图书在版编目（CIP）数据

旋木情缘 / (美) 堂娜·法萨诺著 ; 杨昱程, 王晓毅, 陈海滨译. -- 天津 : 天津人民出版社, 2017.1

书名原文: The Merry-Go-Round

ISBN 978-7-201-11281-7

Ⅰ. ①旋… Ⅱ. ①堂… ②杨… ③王… ④陈… Ⅲ. ①长篇小说－美国－现代 Ⅳ. ①I712.45

中国版本图书馆 CIP 数据核字(2017)第 010961 号

著作权合同登记号：图字 02-2016-172 号

旋木情缘

XUANMU QINGYUAN

[美] 堂娜·法萨诺 著 杨昱程 王晓毅 陈海滨 译

出　　版 天津人民出版社
出 版 人 黄　沛
地　　址 天津市和平区西路西康路 35 号康岳大厦
邮政编码 300051
联系电话 022-23332469
网　　址 http://www.tjrmcbs.com
电子邮箱 tjrmcbs@126.com

产品经理 陈海滨
责任编辑 张　璐
特约编辑 金晓芸
封面设计 李　伟

制版印刷 北京中石油彩色印刷有限责任公司
经　　销 新华书店
开　　本 880×1230 毫米 1/32
印　　张 8.5
字　　数 110 千字
版次印次 2017 年 1 月第 1 版 2017 年 1 月第 1 次印刷
定　　价 38.00 元